B's-LOG BUNKO

斯《か》くして歌姫はかたる

朝前みちる

Michiru Azaki

ビーズログ文庫

斯くして歌姫はかたる

h i m e w a K a t a r u ♪
ひばり
エルネスティーヌの歌に惚れ
こんだ精霊。
小さなころから一緒にいる。
エルネスティーヌ
=
イヴリーン・シラク
次期最高司祭《プティ・エトワール》と名高い＜歌姫《ディーヴァ》＞。
事件解決までイヴリーンに変装し、
楽院に潜入するが……。
リュクシオル・ド・オリヴィエ
＜歌姫《ディーヴァ》＞に憧れ＜詩人《バルド》＞を目指す、
超堅物の優等生。
でたらめな形で入楽してきたイヴ
リーンのことを許せない。

ヴァランタン・ル・イリス

氷の美貌を持つイリス王国の
第二王子。
武芸に秀でており、近衛隊長
を務める。

ソンジャンテ・ル・イリス

イリス王国の王太子で、エル
ネスティーヌの婚約者。
陽だまりのような笑顔の下に、
腹黒な一面を隠し持つ。

謎の魔物

王宮に突如現れ、
エルネスティーヌの歌声を盗ん
でいった。その狙いは……？

ミレイユ・マルソー

可憐な見た目に反し、
えげつない言葉を放つ同級生。
リュクシオルのことが好き。

斯くして歌姫はかたる character

イラスト／カズアキ

序章♪ 恋は目より生まれ、胸に落ちる。

抉《えぐ》られた左目が燃えるように熱い。

黒髪の少年が魔物《まもの》の足元でうずくまり、傷口を押さえている。その手の隙間《すきま》から滴《したた》る血が、仕立てのいい装束《しょうぞく》を赤く染《そ》めていく。

「――ア――――ッ！　ア――アアッ！」

ただの引きつった悲鳴《ひめい》だ。けれど、心まで壊《こわ》れていく錯覚《さっかく》を味わう。

音を愛する仲睦《なかむつ》まじい双子《ふたご》の神は、この世のすべてを音より編《あ》み出した――そんな神話が根づくムジカ大陸では、音とは尊《とうと》く神聖である反面、時に恐《おそ》ろしい牙《きば》を剝《む》く存在だった。

ゆえに、その痛みから広がりゆく感覚は錯覚ではない。

黒々とした影をまとう獣《けもの》――ラー・シャイの魔物がまた吼《ほ》えた。

かの魔物の声は悲鳴ではなく、歌。心を持つ者ならば、誰しも一度は覚えがある虚無感《きょむかん》を煽《あお》り――こちら側へ堕《お》ちてこいと、ラー・シャイの魔物は手招《てまね》いている。

数時間前まで陽気な農民たちの笑い声に溢《あふ》れ、のどかで豊かだった荘園《そうえん》。それが今では恐怖におののく人々の叫喚《きょうかん》で埋《う》め尽《つ》くされ、田畑は蹂躙《じゅうりん》されていた。まだ十歳だった少年も例に漏《も》れず、魔物の誘惑《ゆうわく》に負けそうだった。

自分を助けようとしていた父はどこにいる。なぜ、自分はこんな目に遭《あ》っているのか。跡継《あとつ》ぎとして、父の仕事を覚えようとついてきただけなのに。

少年の懐《ふところ》で、かすかな靄《もや》が生じる。恐怖が憤怒《ふんぬ》に転じかけたその時、声が聞こえた。

「音は美しいモノ、それがたとえラー・シャイの歌声であっても」

しゃん、と声によく似た鈴《すず》の音《ね》が続けて響《ひび》く。あどけないのに大人びた口調《くちょう》だ。

色濃《いろこ》くなった影を不審《ふしん》に思い、一つになった目で必死に見上げ――息を、呑《の》む。

「ラー・シャイ、もう大丈夫。ひとりにはさせません。わたくしがおまえの観客になってあげる、だからおまえもわたくしの観客におなりなさい」

さざなみのように輝くプラチナブロンドに縁取《ふちど》られた、小さな顔。階調のような緑に染まった切れ長の目は神秘的で、ミルク色の肌《はだ》は薔薇色《ばらいろ》の唇《くちびる》をよく際立《きわだ》たせた。額《ひたい》できらめく水晶《クオーツ》といい、華奢《きやしゃ》な肢体《したい》をつつむ薄絹《うすぎぬ》といい、少女を取り巻くすべてが神々《こうごう》しい。イタズラっぽく笑む目元と泣き黒子《ぼくろ》だけが、彼女をかろうじて子供らしく見せている。

少女が両腕《りょううで》をかかげると、また鈴が鳴った。手首のバングルに小鈴がついているのだ。

少年とさほど歳《とし》は変わらないだろうに、誰もが怯《おび》える魔物を前に堂々としている。

少女が再び口を開くと、よどんだ空気が震《ふる》えた。


「――――、――――……」


まるで歌声に呼応するように、額を彩《いろど》る石が七色に光っている。

少年には理解できない音。それもそのはず、少女は意味のある言葉を発していない。

なのに、激しく胸を打たれる。これほど情感豊かな歌を、少年は聴《き》いたことがなかった。

ある人は黄金の田畑を、またある人は抱きしめてくれた両親のぬくもりを思い出す。

一人として、その歌声を耳にした瞬間《しゅんかん》に過《よ》ぎった、切なくも懐《なつ》かしい情景は重ならない。

魔物のそれと同じく歌のようでもある。魔物との違《ちが》いは、挫《くじ》けかけた心を励《はげ》ますのだ。

夜道を照《て》らす星のごとき輝きをもって、少女の歌声は聴く者すべてを圧倒する。

ずっと吼えていた魔物たちも、気づけば大人しくなっていた。

そして、みたび鈴の音は鳴り響く。

「――無にして全
すべてを生みながら　すべてを失くす
影ある場所より出《い》づる　おまえの名
ラー・シャイ　哀《あわ》れなるけだもの」

しゃんしゃん、しゃんしゃゃん。少女がくるくると踊《おど》るたび、ヴェールがなびき、鈴も楽しげに歌う。そして少女は躊躇《ちゅうちょ》することなく、人々が厭《いと》う魔物を抱きしめた。

「――迷いまどい　行き場を失った子らよ
優しい眠りにつくがいい
今こそ音に帰し　音に還《かえ》れ――〈封印《ケトム》〉！」

パァアン！　光につつまれた影が破裂《はれつ》し、やがて霧散《むさん》した。
ラー・シャイの魔物たちは消え、領民たちはひれ伏《ふ》してすすり泣いている。その中で、朝露《あさつゆ》のような光をまとう少女だけが微動《びどう》だにしない。
少女はただ悲しげに吐息《といき》をすると、すぐさま指示を飛ばす。
「おまえたち！　まずはけが人の手当てをします、素早くうごきなさい！」

「ハッ」

少女の叱咤《しった》に、複数の男女の誇《ほこ》らしげな声が即座に答えた。大人さえ従わせる少女の正体を、少年もおぼろげながら摑《つか》みつつある。

遙《はる》か遠い昔――神々と精霊《せいれい》とヒトが共存していた黄金時代が潰《つい》えると、大陸ではラー・シャイの魔物がはびこるようになった。

その時、双神《そうしん》の妹神――〈神王《しんおう》〉が地上を護《まも》るため、まずは十二人の御使《みつか》いを送り出した。それが歌で自然を操《あやつ》る、〈楽師《カンタンテ》〉と呼ばれる能力者たちのはじまりである。

ゆえに、ムジカ大陸ではもっとも尊ばれる存在である。

水晶だと思った額飾りも、特別な歌声にだけ反応するムジカ石に違いない。ムジカ石を身につけているということは〈楽師〉の中の〈楽師〉、〈歌姫《ディーヴァ》〉の証《あかし》。貴族でさえ、式典や有事《ゆうじ》でない限り拝《おが》むことのできない存在だ。オリヴィエ領で大量発生した魔物を浄化《じょうか》すべく、駆《か》けつけてくれたのだろう。そんな少女が、少年の前で跪《ひざまず》いた。

少年の潰《つぶ》れた左目に手をかざし、小首《こくび》をかしげる。

「あなたは、どうされたい？」

「……ど、うって……」

「わたくしがいかに力を持とうと、あなたの片目は戻らない」

幼《おさな》くも凜《りん》とした声音《こわね》が、過酷《かこく》な現実を突《つ》きつけてきた。

普段なら、恐ろしさで取り乱《みだ》したかもしれない。

こうまできっぱり断言されると、逆に冷静になってくる。

「……なくなったものは、元に戻せない。たとえ戻ったと思っていても、それはまやかし。有形無形問わず、以前とは少し形が変わっているもの」

囁《ささや》きはひめやかに、甘く聞こえた。場違いにも、少年は見惚《みと》れてしまう。

「わたくしは、傷を癒《いや》すことはできる。でも、それは目の傷だけ……望むなら、今日の記《き》憶《おく》もなくしてあげる。試《ため》したことはないから、失敗するかもしれない。どうする？」

歳の近い子供ではなく、人間そのものを超越《ちょうえつ》したなにかと対面しているようだ。

しかし少年が感じたのは畏《おそ》れではなく、陶酔感《とうすいかん》。叶《かな》うことなら、その声をずっと聴いていたい。少女を構成する、すべてが輝いて見えた。

だから、少年は首を横に振る。今日という日を、忘れるわけにはいかない。左目の疼《うず》きはひどくても、なんとか言葉にする。

「……忘れたく、ない。心に残ったものは、傷だけじゃない……から……」

「そう、なら聴いていらしてね。わたくし、あなたのために歌ってさしあげるわ」

にっこりと笑い、かわいらしい唇をほころばせ、天上の歌声を朗々《ろうろう》と響かせる。

少年は黙《だま》って耳をかたむけていた。そのうち眠気に襲《おそ》われ、意識が暗転してしまう。

次に目覚《めざ》めた時、少年は自室のベッドに横たわっていた。屋敷《やしき》に帰ってきたのだ。頭に包帯を巻いた父親、〈神王《しんおう》〉に感謝する母親の祈《いの》り、泣きつく弟のぬくもり、涙ぐむばあやに家令《かれい》にそれから――なじみのある面々は、一様に少年の目覚めを喜んでいた。

けれど数分後、無事生還《せいかん》した愛息子《まなむすこ》の衝撃《しょうげき》宣言に、たおやかな侯爵《こうしゃく》夫人は卒倒した。

ラー・シャイの魔物は心を盗んでいくという。

確かに、少年は心を盗まれた。ただし、盗んだのは魔物ではない。自分を、いや領民を救ってくれた美しい少女――他を圧倒しながら魅了《みりょう》する、あの歌姫《うたひめ》に。

少女の力になるためならば、すべてを投げ打っても惜《お》しくはない恋をした。

――のちに、この日の出来事は『オリヴィエの奇跡』と称される。

〈楽師《カンタンテ》〉たちを率《ひき》いて現れた、齢《よわい》十歳の少女。イリス王国有史以来、史上最年少となる〈歌姫《ディーヴァ》〉の歌声によって田畑は実りを取り戻し、人々の穢《けが》れも祓《はら》われた。

〈音律《おんりつ》の双神教《そうしんきょう》〉フィデール宗派の次期最高司祭と名高い〈渓星《プティ・エトワール》の歌姫《うたひめ》〉の、偉大《いだい》なる功績《こうせき》の一つとして数えられることとなる。

第1楽章♪羊の皮を被っても、狼は狼。

テラスで書物を読んでいたエルネスティーヌは顔を上げた。

エルネスティーヌの世界は音で溢《あふ》れている。人の声ではない、音だ。

たとえば、テラス先に広がる中庭に降り注《そそ》ぐ陽射《ひざ》しは、豊穣《ほうじょう》を願う子守唄。

さらに広大な王宮の敷地内《しきちない》にある、この優美な小アトリノン離宮《りきゅう》を満たす音色《ねいろ》は、乱《みだ》れることなく流れる川のせせらぎのように聴《き》こえる。

なのに今、調子はずれの不協和音《ふきょうわおん》が耳朶《じだ》を打った。王宮に引き取られてから十年、こんな音を聴くのは初めてだ。ドレスの袖《そで》をめくると、鳥肌《とりはだ》まで立っている。

「…………なにかあったのかしら」

閉じた書物をテーブルに置き、裾《すそ》をからげて室内に戻った。

(面倒だけど、確かめに行かなくちゃならないわ)

エルネスティーヌは真っ先に衣装箪笥《ワードローブ》を開け、お役目の時に着る薄絹《うすぎぬ》を取り出す。

大きな一枚布から作られた衣装は、いたって簡素な意匠《いしょう》だ。

首筋と胸元《むなもと》を露出《ろしゅつ》し、わざと切りこみを入れた袖を、二《に》の腕《うで》から手首にかけて真珠《しんじゅ》の玉飾りで留《と》めている。袖口から垂《た》れるドレープも優雅《ゆうが》な、洗練されたドレスだ。

「まったく……たまの休みに、変な音を奏《かな》でないでもらいたいものだわ」

独りごちりながら鈴のバングルをはめ、花模様《はなもよう》が透《す》けたヴェールをかぶる。そのうえから雫型《しずくがた》のムジカ石が揺《ゆ》れるラリエットをかけた。

次いで鏡台の前に座り、最終確認に入る。

首から下げた、白鳥と菖蒲《イリス》の紋章《もんしょう》。裏面に二つ名が刻《きざ》まれたそれは、イリス王国の〈楽師《カンタンテ》〉という証《あかし》。胸元で、誇《ほこ》らしげに輝いていた。

腰元まで伸ばしたもみ上げはそのままに、編《あ》みこみにした白金《プラチナ》の髪はシニヨンにしている。右目から頬《ほお》にかかる前髪さえも芸術的に整えられており、一分の隙《すき》もない。化粧《けしょう》をせずとも輝かんばかりの美貌《びぼう》である。それにしても、ああ――

「わたくしったら、今日もなんて完璧《かんぺき》に美しいのかしら！　惚《ほ》れ惚《ぼ》れしちゃう、ふふ！」

十六歳には見えない、﨟長《ろうた》けた容姿。

どこからどう見ても、王宮の奥深くで大切に育てられた儚《はかな》げな姫君にしか映《うつ》らない。

ただし、黙《だま》っていれば、だ。ひとたび音声がつくと、夢を抱《いだ》いた分だけ幻滅《げんめつ》するだろう。

実際、幻想《げんそう》が壊《こわ》れるから下手《へた》に話すなと高官から厳命《げんめい》されている。

口角《こうかく》を持ち上げれば、鏡の中のエルネスティーヌもたおやかに微笑《ほほえ》む。

どんな堅物《かたぶつ》な聖職者であっても、赤面必至の笑顔である。完全に完璧だ。

エルネスティーヌが美しさのあまり悦《えつ》に浸《ひた》って笑っていると、肩をつつかれた。

「なぁに。今、わたくしはとっても忙しいの。見てわかりませんの」

「なにもかもがわからないよー。きみってホント、鶏《にわとり》並《な》みの記憶力だよね。自己陶酔《じことうすい》してないで、早く働いたらどうなのーこの牛娘！　働かない牛はただの牛だよ！」

けらけらとからかう甲高《かんだか》い声に振り仰《あお》ぎ、片眉《かたまゆ》を跳《は》ね上げさせる。

橙《だいだいいろ》色のスカーフを巻いたひばりが、天井《てんじょう》付近で旋回《せんかい》していた。

「じゃあ、おまえは焼き鳥ね。小さいから食べどころがないでしょうけど」

「怠《なま》け者のきみと比《くら》べたら、働き者のおれの方が数百倍はおいしいよ！　うん、すっごくおいしいよ！　早く歌ってきなよ、っていうか歌え！」

鏡台に降り立ったひばりが口ばしをかちかちと鳴らす。

エルネスティーヌはそっぽを向き、だるそうに腰を浮かした。

「まったく、精霊《せいれい》の歌好きも困ったものだわ」

「一番その恩恵《おんけい》を受けているくせに、よく言うよねー。おれ、びっくりしちゃうよねー」

やれやれと肩をすくめるエルネスティーヌに、ひばりは呆《あき》れたように突《つ》っこむ。

そう、この流暢《りゅうちょう》にしゃべるひばりの正体は精霊だ。

今は鳥に変化《へんげ》しているが、本来の姿は見目麗《みめうるわ》しい人型である。

エルネスティーヌの世界は音で溢れている。同時に、精霊や妖精《ようせい》とも関わりが深い。

世界を創《つく》った〈音律《おんりつ》の双神《そうしん》〉と同じく、彼らも音をこよなく愛する生き物だからだ。

特にひばりに扮《ふん》するこの精霊とは、王宮に引き取られる以前からの——十余年の付き合いになる。エルネスティーヌにとって、ある意味親代わりともいえた。

「当然の恩恵でしょう。それに年中歌わされたら、わたくしの国宝通り越して秘宝級の喉《のど》が潰《つぶ》れてしまうというものよ」

「おれたちがいくらお願いしたって、聞き入れたためしがないくせによく言うよー。そういうの、ヒトの言葉で恩着せがましいっていうんだよ！　しかも最近歌ったのだって、先々週じゃん！　今日こそ歌え！」

「あんっ痛い！　もう、口ばしでつつかないでちょうだい！　本当に焼き鳥にして食べてしまうわよっ」

攻撃してくるふわふわもこもこの小鳥を鷲掴《わしづか》みにし、エルネスティーヌは自室を飛び出す——が、出端《でばな》を挫《くじ》かれる。

「まぁ……ヴァラン、いかがなさいましたの？」

扉《とびら》を開けた瞬間《しゅんかん》、幼《おさな》なじみ——イリス王国、第二王子ヴァランタンが立っていたのだ。

武芸に秀《ひい》でた第二王子は国王直属の近衛隊長《このえたいちょう》だが、今はエルネスティーヌの身辺警護《けいご》も務《つと》めている。氷の美貌と評される彼が、肩で息をする姿は初めて見た。

黒い騎士服《きしふく》で気づきにくいが、押さえている右腕に血が滲《にじ》み、気配まで乱れている。

「ぐっ……魔物《まもの》が――ラー、シャイが、出た、んだ」

「ラー・シャイが⁉　まぁ……」

驚《おどろ》きで、握《にぎ》りしめていたひばりも解放してしまった。

鉄壁《てっぺき》の守護陣《しゅごじん》を誇る王都、それも王宮で、魔物が出るなんてありえない出来事だ。

（でも、先ほどの不協和音のことがあるものね）

彼ほど嘘《うそ》がつけない人間を見たことがない。

魔物と遭遇《そうぐう》したなら、濃厚《のうこう》な影の気配をまとっているのも納得だ。

息を整えた彼の砂色の頭がうなだれる。

「この離宮付近で遭遇し、応戦したのだが……近衛隊だけではまるで歯が立たず……体を休めている最中にすまない。どうも、精霊がラー・シャイ化したみたいだ」

「精霊なら、仕方がありませんわ。ラー・シャイがどちらに向かったかはわかります？」

時間を無駄《むだ》にしないよう移動しながら問うと、遅《おく》れてついてくるヴァランタンが答える。

「温室の方だと、思う。部下には他の〈楽師《カンタンテ》〉も呼びに行かせたが、貴女《あなた》が一番近い。応援《おうえん》は来る、だからどうかそれまでは……」

「無論《むろん》、騒《さわ》ぎになる前にけりをつけますわ。それよりもヴァラン、あなたのことです。わたくしが浄化《じょうか》して差し上げたくとも、時間が足りませんわ。……その傷、ラー・シャイにつけられたのでしょう？　案内は結構ですから、手当てを優先してください」

「だが」

「穢《けが》れは、肉体より心を蝕《むしば》む。人の心に闇《やみ》が巣食《すく》う限り、ただちに処置《しょち》すべき穢れでしてよ。すでに傷口からイヤな音がしますもの、危険ですわ」

王家の人間は多かれ少なかれ、国の守護神たる聖フィデールの血を継《つ》いでいる。

そのため、魔物に対する耐性《たいせい》は一般人よりもあるだろう。

だが断末魔《だんまつま》にも似た、色濃《いろこ》い翳《かげ》りを帯《お》びた旋律《せんりつ》がかすかに聞こえた。

魔物を生む要因《よういん》は、心を持つ者ならば誰もが秘めている。魔物の歌は心を弱くするが、傷を負わされた場合、適切に処置しなければ人を害する存在になってしまう。

二つも年下の女性に諭《さと》されて情《なさ》けなくなったようで、ヴァランタンは渋々と頷《うなず》く。

「それが最良の選択《せんたく》というものでしてよ、ではのちほど」

そう返すが早いか、エルネスティーヌは足にまとわりつく裾をたくし上げた。驚きの声をかけられた気もするが、そのまま走り出す。

全速力で温室に向かっていると、ついてきたひばりがチルルと鳴く。

「なぁんかイヤな予感がするなー、悪い音がするなー！　うぅ、ホント最悪だぁ」

「そりゃ、ラー・シャイが現れたんだもの。神経に障《さわ》る音もまじっていて、わたくしだって気分が悪いわ」

「……鋭《するど》いんだか鈍《にぶ》いんだかわからないよね。下手に音を認識《にんしき》できるのも良《よ》し悪《あ》しかー」

ふぅとこれみよがしにため息をつく。

睨《にら》みつけてやるが、ひばりは懲《こ》りずに続けた。

「そういう、悪いじゃないんだよー。鈍感《どんかん》なヒトにはわからないだろうけど！　気を抜くなよー。おれは歌に用があっても魔物はきらいだから、どっかで隠《かく》れてるけど！」

「…………決めたわ。今日の晩餐《ばんさん》には焼き鳥を出してもらいましょう、ひばりの」

そんなやり取りをしているうちに、ガラス張りの温室が見えてきた。

同時に、悲鳴《ひめい》にも似た旋律が風に乗って流れてくると、ひばりはイヤそうな声を上げて離脱《りだつ》していく。

（今でも信じられないけど、ラー・シャイが現れたのはどうやら事実のようね）

魔物特有の哀愁《あいしゅう》と愛執《あいしゅう》に満ちた音階が、絶《た》えることはない。

エルネスティーヌがためらうことなく温室の扉を蹴破《けやぶ》ると、かぐわしい花のかおりが押し寄せてくる。

深呼吸してから、ちょうど対角線上にたたずむ存在を見据《みす》えた。

季節によって色を変える美しい花壇《かだん》は、今は白一色に染《そ》め上げられている。しかしある一点、まるでインクの中身をぶちまけたように黒ずんだ一帯があった。

原因は明白だ。

（なるほど。この大きさで精霊なら、近衛隊の手には負えないわね）

現在、イリス王国で確認されている〈楽師《カンタンテ》〉の数は三千にも満たない。

そのため、近衛隊でも対魔物との戦闘《せんとう》に心得はあるのだが、〈楽師〉には力が劣《おと》る。

魔物がまとう黒い靄《もや》は、高い天井まで届きそうなほど膨張《ぼうちょう》していた。

近衛隊の心に巣食う闇を吸っただけで、これほど肥大化《ひだいか》するものだろうか。

（でもまぁ、応援が来る前には終われそうね）

喉の調子もいい、すぐ片はつくだろう。

「ラー・シャイ、おまえは美しいモノがお好《この》みなのね。わたくしも美しいモノは好きよ」

語りかけながら、努《つと》めて優雅に歩み寄る。

魔物は精霊や妖精と同じだ。美しければ美しいモノほど愛《め》でたくなる。

ただ、その愛情の発露《はつろ》が正反対なのだ。

〈音律の双神教《そうしんきょう》〉の双神とは名ばかりで、実質の信仰《しんこう》は〈神王《しんおう》〉スヴェトリースのみ。

兄神ザハディオーンの記述が少ないのは、二柱《にちゅう》が意見の相違《そうい》から仲違《なかたが》いしたためだ。

〈楽師〉のみが教わる神話では、兄神は〈魔王《まおう》〉と名を変えている。

今より神々の存在が身近だった黄金時代の終焉《しゅうえん》は、破滅《はめつ》の旋律こそ至上とする〈魔王〉

の出現によるものといわれている。

地上は荒れに荒れ、無秩序《むちつじょ》と化した。しかし〈神王〉が一度は退《しりぞ》け、地の底に追いやったものの、〈魔王〉は己《おのれ》の正しさを証明するためにラー・シャイの魔物を生み出したのだという。

だからこそ、魔物が発する音色はいつだって切実だ。

身内に遠ざけられた痛み。認《みと》めてくれ、愛してくれと心に訴《うった》えかけてくる。

「花盗人《はなぬすびと》に罪《つみ》はないけれど、枯《か》らしてはならないわ。構《かま》ってほしいのなら、わたくしが聴いてあげる。だから、安心して楽になるがよろしいわ」

「グルルルルゥ……」

不意《ふい》に、例の旋律がやむ。

魔物が大きく口を開けたのだ。その奥で青白い光の塊《かたまり》が滞《とどこお》っている。

「——アァア……ゥギ——ア——アアアアッ」

「——るるり　るるら　衣《ころも》は花　花は恋　恋は心　心は護《まも》り！」

エルネスティーヌはバングルの小鈴を打ち鳴らし、絶叫《ぜっきょう》にかぶさるように歌う。

刹那《せつな》、風が吹きこんだ。まるで粉雪《こなゆき》のように舞い上がった花びらが視界を覆《おお》えば、魔物から放たれた冷気によって凍《こお》りつく。

精霊の魔物化が厄介《やっかい》なのは、〈楽師《カンタンテ》〉のように自然を用いた攻撃を仕掛けてくる点だ。

ぱらぱらと落ちていく氷の花びらを踏《ふ》み越え、エルネスティーヌはすかさず突進する。

「——無にして全！」

今度は鋭い爪《つめ》を振りかざされたが、絶え間なく振動《しんどう》する小鈴の音色が防御壁《ぼうぎょへき》を作った。

「——すべてを生みながら　すべてを失くす
　影ある場所より出《い》づる　おまえの名」

詠唱《えいしょう》を繋《つな》げるたび、額《ひたい》を彩《いろど》るムジカ石の熱が高まる。
まず赤色の閃光《せんこう》が迸《ほとばし》ったのを皮切りに、異なる光が次々と辺りを照らし出した。
峻烈《しゅんれつ》な赤を下地にまじり合う青、藍《あい》、緑。
今度は鮮《あざ》やかな菫色《すみれいろ》の光が膨《ふく》れ上がりかけた、その時だ。

『アア——ナント麗《うるわ》シキ魂《たましい》ヨ、コレゾ美ノ象徴《しょうちょう》』

それは魔界から湧《わ》いたように低く、瞬時に意識を断つ名剣のごとき鋭さで、けれど身じろぎをためらうほど甘い声だった。いささか不明瞭《ふめいりょう》だが、秘められた魔性《ましょう》は隠せない。すぐそばから聞こえてきたその声はエルネスティーヌの鼓膜《こまく》を震《ふる》わせ、脳《のう》みそごと揺さぶった。意識が逸《そ》れるには充分な衝撃《しょうげき》に、隙ができてしまう。

「きゃ――――ぐぅっ!!」

魔物から伸びてきた黒い触手《しょくしゅ》に、エルネスティーヌの細い顎《あご》が掴《つか》まれる。喉を震わそうとするも、かすれ声しか出てこない。

(まずいっ、油断した!)

いつもの魔物だと、甘く見積もりすぎていた。

魔物化したら忘れるはずの言葉まで話しているというのに!

気づけば魔物の全長は縮《ちぢ》み、成人男性ほどの大きさしかなくなっていた。

喉元に力が加わり、エルネスティーヌの体が持ち上がっていく。息苦しさで喘《あえ》ぎながら、とにかく手足をばたつかせた。

そんな抵抗は無意味だと言いたげに、魔物との距離が詰《つ》められていく。

『捕《つか》マエタ、吾《あ》ガ麗シノ花嫁……我《われ》ガ見初《みそ》メシ、人ノ娘……』

「な、にを」

ラー・シャイの魔物を覆っていた靄が晴れ、エルネスティーヌは目を見開いた。

精霊は大抵、理性を粉砕《ふんさい》しかねない美貌の持ち主《ぬし》ばかりだ。

しかし、明瞭となった視界におさまった容貌《ようぼう》は少々趣《おもむき》が違《ちが》った。

そこには、裾を引きずるほど長いローブをまとった青年がいた。

無造作《むぞうさ》に伸ばされた髪は闇色。目元は包帯《ほうたい》で覆われ、青白い頬を這《は》う蔓薔薇《つるばら》の刺青《いれずみ》は不気味《きみ》だ。

魔物だったモノが身じろぎすると、石の首輪から垂れ下がった鎖《くさり》がしゃらりと音を立てる。声をなくすエルネスティーヌの頬を、ひんやりとした指先が撫《な》でた。

が、ぴりっと痛みが走る。壊死《えし》した長い爪に引っかかれたのだ。

『愛シテオル、愛シテオルゾ――サレバ、歌ッテオクレ。汝《なんじ》ノ嘆《なげ》キヲ、痛ミヲ、愁《うれ》イヲ……吾ガタメノミニ』

寝床で囁《ささや》く睦言《むつごと》のように甘いのに憐《あわ》れみを誘《さそ》う。魔物と同じ、ひたすら希《こいねが》う叫《さけ》びだ。

(影は、影はもうないはずなのにどうして!?)

あれほど熱かったムジカ石は沈黙《ちんもく》し、光の包囲網《ほういもう》も消滅《しょうめつ》している。

こんな精霊は見たことがない。いや、そもそも精霊なのだろうか？

苦労して持ち上げた両手で、近づく顔を押しのけながら問うた。

「お、まえは……だ、れなの。精霊、ではない、わね」

『ナント聡《さと》イ娘ヨ。イカニモ、我ハサヨウナ下等種族ニハアラズ。ソウ、我ハ――』

けれど派手《はで》な物音にかき消されてしまう。

複数の靴音《くつおと》が駆《か》けこんでくると、眼前の輩《やから》は瞬時に黒い靄をまとう。
やって来たのは見慣れたヴァランタン率《ひき》いる近衛隊の面々と二人の〈楽師《カンタンテ》〉だ。
一様に顔色は悪く、どういうことかと眼差《まなざ》しで問いかけてくる。
「プティ・エトワール様！」
――プティ・エトワール。
その呼びかけで、今まで呆然《ぼうぜん》としていたエルネスティーヌも我に返った。
（こんな無様《ぶざま》な姿を見られるなんて！）
わたくしは誰よりも美しく、誰よりも完璧で在《あ》らねばならないのに！
まなじりを決し、形ばかりの拳《こぶし》をラー・シャイに叩《たた》きこむ。
よろめいただけでも、喉元の拘束《こうそく》は弱まった。
すかさずエルネスティーヌは呪文《じゅもん》の続きを謳《うた》う。
「――優しき、眠りにつくがいい！
今、こ、そ――……うぅっ」
「おぞましい化け物め！　プティ・エトワール様を離《はな》せッ」
呻《うめ》けば、近衛隊の一人が果敢《かかん》にも斬《き》りこむ。しかし、簡単にあしらわれてしまう。
続けて〈楽師〉が動きを制しようと歌うも、突風に薙《な》ぎ払《はら》われ、壁に叩きつけられる。
そのいたぶりようで理解する。

(こいつ、わたくしたちで遊んでいるんだわ！)
カッと頭に血がのぼる。なんて屈辱《くつじょく》だ。
駆けつけてくれた面々は満身創痍《まんしんそうい》で、エルネスティーヌの胸につかえができる。
自分の慢心《まんしん》が、彼らをも窮地《きゅうち》に追いやったのだ。
諦《あきら》めずなんとか脱出しようともがけば、魔物はうっとりと囁く。
『オオ、魂ガ奏デルソノ音色ノ甘美《かんび》ナコト――汝ニ問オウ。汝ハ音ノ何ヲ信ズルヤ』
「え……」
エルネスティーヌは抵抗を忘れ、魔物を凝視《ぎょうし》してしまう。
靄に隠れて本体は窺《うかが》えない。けれどその奥から、確かにじっとりとした視線を感じる。
(なんでラー・シャイがそんなことを訊《き》くの)
覚えている限り、一番古い記憶の中でもエルネスティーヌは歌っていた。
誰に教わるまでもなく、歌いたいから歌ってきた。それを人は才能と呼んだ。
頭の芯《しん》がぼやけてくる。儀式《ぎしき》の時しか酒は飲まないのに、酔《よ》っているみたいに。
「……音の歌……」
気づけば、そんなことを呟《つぶや》いていた。
音の中に、歌がある。大抵、他人には理解されない。歌は音でしかないからだ。
だからわかりやすく説明すれば、それは魂のようなもの。

生きているからこそ、音はあれほどまでに輝き、人々を魅了《みりょう》してやまない。どれほど境遇《きょうぐう》が変わろうと、エルネスティーヌは今も昔も変わらない。歌さえ響かせられれば、そう。人の世のしがらみなんて――――その時、魔物が吼《ほ》えるように笑った。

『ソウカ、音ノ声。ク、ハハハ……ナレバコソ一ツ、契《ちぎ》リノ証トシテイタダコウ。ヨリ深キ絶望ノタメニ……』

疑問を挟《はさ》む間もなく、囁きが甘い吐息《といき》となって首筋を伝った。

そして喉元に柔《やわ》らかな感触《かんしょく》が押しつけられた瞬間、全身に衝撃が走る。


「――――あ、あ、ああああああああっ！！！！」


ぐっと極限まで両目を開く。ヴェールがはためく音がした。

痛みでぼやけた視界の端《はし》で、燃え上がる光の柱が弧《こ》を描《えが》くように連なっていく。

（なに、なにが起きているの!?　わたくしになにをしたの!?）

口を閉じたいのに、体がいうことを利《き》いてくれない。声を上げるたびに身近な音たちがゆがみ、ひび割れ、自身の中からなにかがこぼれ落ちていく。

歌うつもりもないのに、歌いたくないのに、エルネスティーヌは謳わされていた。

『今ハ時ガ足リヌ……次ニ逢《あ》ウ時コソ、汝ハ地ノ底ヘトイザナワレル。迎《むか》エニコヨウ、吾

ガ花嫁ヨ。ソレマデ魂ガママニ、嘆キヲ増ヤスガヨイ――』

魔物が空気にとけるように消えれば、支えを失った体は倒れこんだ。

光の残滓《ざんし》が、火の粉のように舞っている。両手をつくと、乱れた前髪が視界にちらつく。

エルネスティーヌはうずくまったまま、力の入らない両手で喉をさぐる。

「わ、たくしは……」

しぼり出した声は老婆《ろうば》のようにしわがれ、艶《つや》がない。

慌《あわ》てて発音し直せば、普段の透き通った声に戻っていた。

けれど、なにかが違う。なにかが致命的におかしい。

癖《くせ》で、〈楽師《カンタンテ》〉の証を握りしめる。何度か小声で歌い――背中がぶるぶると震えだす。

（ムジカ石が、熱くならない）

愕然《がくぜん》とするエルネスティーヌの耳に、慣《な》れ親《した》しんだ低声が流れこんだ。

ゆるゆると首をめぐらせば、無理やり激情《げきじょう》を抑《おさ》えつけた青目とかち合う。

「これはいったい、どういうことなのか説明していただきたい」

「……え……？」

ぼんやりと聞き返す。声の主――ヴァランタンは長剣を支えに立ち上がると詰問《きつもん》してきた。

「貴女は――貴殿《きでん》は、無傷だ。あれほどラー・シャイと接触《せつしょく》していたのにもかかわらず、貴殿に異変は見受けられない。これにはいったい、どのような意味があるのか」

「い、みとは、いったい」

「誰も声高《こわだか》には口にしないが、貴殿が現在のエトワール殿より優《すぐ》れた〈楽師〉であることは周知の事実。……そして、これまでラー・シャイが王宮に出現したことはない。考えたくもないことだが、こたびの騒ぎ、貴殿が一枚嚙《か》んでいるのではないのか」

エルネスティーヌは意味がわからず、首をかしげる。

「ヴァラン、タン殿下《でんか》、わたくしにはなんのことだかわかりませんわ」

「ええ、そうでしょう。我々凡人《ぼんじん》に、プティ・エトワール殿の深遠《しんえん》なるお考えなどわかりようがない。……お前たち、プティ・エトワール殿を捕縛《ほばく》しろ！」

「どうして!?」

部下たちに命令を出すヴァランタンにうろたえる。それに戸惑《とまど》いながらも従おうとする隊員も、冷たく見つめてくる〈楽師〉のことも――なにもかも、理解できなかった。

「千年前、我が国の守護神として遣《つか》わされた聖フィデール様以来、ムジカ石を虹色《にじいろ》に輝かせた〈楽師〉は貴殿で二人目だ。そして、並みいる〈楽師〉を蹴散らし、フィデール宗派の次期最高司祭というプティ・エトワールの称号を得た」

「それは事実ですわ。ですが、その事実がいったいなんだというの？　意味はないわ」

周囲の空気が冷えこむ。彼は心苦しそうな表情で、けれどきっぱりと言いきる。

「もし、もしこの大陸で、ラー・シャイを手なずけることが可能ならば、それは貴殿――プティ・エトワール殿しかありえない。人の欲とは計《はか》り知れない。貴殿が才覚の使い道を誤《あやま》り、国そのものを手に入れようと画策《かくさく》したところでさして不思議ではない。彼らを呼びだしたが、私たちに見つかったから、ラー・シャイに捕まっている芝居《しばい》をしてみせたのかもしれない」

先ほど魔物に覚えたのと同等の怒《いか》りが再燃する。疲労感《ひろうかん》も忘れて立ち上がり、ヴァランタンに詰め寄った。

エルネスティーヌは常《つね》にかぶっている三匹の化《ば》け猫《ねこ》を引っぺがし、痛烈《つうれつ》に非難した。

「いくら殿下であろうと、聞き流せない妄言《もうげん》ですわ！　わたくしは〈渓星《けいせい》〉の二つ名を戴《いただ》いた〈歌姫《ディーヴァ》〉よ、だれがそんなマネをするものかっ！　そもそも、音に比べたら国自体に屁《へ》ほどの価値もないわ！　おまえの推理とやらは的外《まとはず》れよ。音のなんたるかも知らない常人のくせに、わたくしを決めつけるな！　妄想《もうそう》ならば夢の中だけでしているがいいっ!!」

「……それが貴殿の本音《ほんね》か。話ならば、独房《どくぼう》でゆっくりと聞かせていただこう」

「――あーあ、だぁから気を抜くなって言ったんだよー」

事態が膠着《こうちゃく》しかけた時、けたけたと揶揄《やゆ》が降ってきた。

場違いなほどのんきなその声は、いっそ滑稽《こっけい》だ。

張り詰めた緊張《きんちょう》の糸をぶった切った声の主――ひばりが窓から入ってきた。美しくさえずり、天井を飛び回る。

「精霊さまの助言を聞かないからこうなるんだよー。きみはダメな子だなー、おれがいないと真人間《ま》にもなれないんだから！」

「おまえこそ空気を読みなさいよ！　本当に焼き鳥にするわよっ鶏頭！　下りてこい！」

いきり立って地団駄《じだんだ》を踏むと、なぜか啞然《あぜん》とした視線にさらされる。

そんな中、ひばりがすぅと降下してきた。独特の節回しでひと鳴きし、エルネスティーヌの頭の上で羽を休める。ひばりは毛づくろいしながら、ヴァランタンに苦言を呈《てい》す。

「きみねー、憶測《おくそく》だけで物を言っちゃいけないよー。この子の肩をもつわけじゃないけど！　言葉には魂が宿るんだよー、だからこそ〈楽師《カンタンテ》〉は音で奇跡を起こせるんだからね！　神話にも、ちゃんと書いてあるじゃないかぁ。音は生命のはじまりだよー」

「精霊殿、よもや貴殿も本件に――」

「え、おれにまでそんな濡《ぬ》れ衣《ぎぬ》を着せるつもり？　おっどろきー」

腹を立てていたエルネスティーヌも、ヴァランタンの様子がいつもと違うことに気づく。

（……ラー・シャイと精霊が相容《あいい》れないってことくらい知っているでしょうに）

基本的に、ラー・シャイの魔物は破滅の旋律が形を取ったものだが、ヒトから派生した場合と、精霊や妖精が影響《えいきょう》を受けた場合もある。

ヒトから派生した場合、人間が魔物化することはない。悪意が具現化するか、負の感情が増して攻撃的になるだけだ。

対して精霊や妖精は世界の理《ことわり》と密接に繋がっているせいで、精霊自身が魔物化してしまう。だからひばりも、温室の中までついてこなかったのだ。

ヴァランタンの言いがかりが正しければ、ひばりは魔物化していなければ不自然である。

「……ジャン——王太子《おうたいし》殿下が授業を抜け出すのに先んじて、逃げ道を塞《ふさ》いで回ったあたらしくありませんわ。いつもの論理的なあなたは、どちらに置いてこられましたの？」

「口先で逃《のが》れようとしても無駄だ、私たちが目にした現実が変わることはない。……あくまで白を切るつもりなら、こちらにも考えがある！」

「……あー、こりゃ話が通じないね」

ひばりのぼやきにはおおいに頷くところだ。

近衛隊の騎士たちはひたすら困惑《こんわく》し、まごつくばかり。そこで、ひばりが再び飛び立つと、今度はエルネスティーヌの頭上《ずじょう》をぐるぐると回りはじめた。

「〈楽師《カンタンテ》〉殿、あのひばりを——精霊の方を先に捕まえろ」

「ハッ、御意《ぎょい》に！」

二人の〈楽師〉は一礼すると、各々《おのおの》が媒介《ばいかい》とする楽器を取り出した。

奏でられようとした音色を遮《さえぎ》るように、ひばりは高らかに歌う。

「————、————……」

詩のない歌には黄金の翼《つばさ》が生《は》え、そのまま神々が住まうという天界にいざなっていくようだった。場違いにも聞き惚れてしまう。

そんなエルネスティーヌを囲むように黄金の粉が降り注ぎ、閃光がまたたくと、次の瞬間には見覚えのある室内にいた。

(ひばりもたまには役に立つじゃない)

うんと小さい頃は何度も訪《おとず》れた部屋だ。

あたたかな陽射しに溢れる窓際で、青年が猫脚《ねこあし》の椅子《いす》に腰かけていた。

いるだけで存在感のある、嫌味《いやみ》なく整《ととの》った面差《おもざ》しの彼こそもう一人の幼なじみ——王太子のソンジャンテだ。

突如《とつじょ》出現した人間に驚いてもよさそうなものだが、あくまで優雅に紅茶を楽しんでいる。

いつも糸のように結ばれた、夏の森色をした目がまばたく。それから波打つ癖がついたサンディブロンドを揺らし、男らしい喉仏を上下させた。

中身を飲み干した陶坏《すえつき》をテーブルに戻し、きっちり一分は数えてから口を開く。

「おや、エスティ。君が本当に妖精だったとは驚きですね」

「………ジャン、あなたってば相変わらずですのね」

とぼけた返答に気が抜けてしまった。頭に止まったひばりが、ふわぁとあくびをする。

「これは大物なのか、たんなるバカなのか紙一重なクソ度胸だねー。きみ、今離宮の温室でなにが起きていたかわかるー？」

「ほう、君がエスティを避難《ひなん》させるような事態が起きている……そういうわけですね。外が騒がしいような気はしていましたが、王宮に魔物でも出ましたか。それとも、エスティに危険が迫《せま》ったことで弟が暴走したとか？」

どこか少年じみた青年――ソンジャンテはにこにこと笑っている。

今は夏の終わり。彼が笑うと、室内に春が訪れたかのごとく明るくなる。一片の邪気《じゃき》すら感じさせないのに、ほぼ正解を言い当てたのだから恐《おそ》ろしい。

「……どちらかで見ていらしたの？　頭がめでたくなければ、できない発想ですわよ」

「おや、当たりでしたか。単純な推理ですよ。エスティが婚約者に夜這《よば》いを仕掛《しか》けにきた解釈もできますが、用があってもなくても会いに来ない、そんな君が精霊の力を借りるだなんて想定外の出来事が起きている証拠《しょうこ》。ありえなそうでありえることを想像してみたまでです」

「夜這いってなにを言っておられますの！　あなたに羞恥心《しゅうちしん》ってモノはない、の……あ」

取り乱したのをごまかすように咳払《せきばら》いする。今はそれどころではない。

温室でした魔物とのやり取りを口にするのは避《さ》け、客観的な事実だけ述《の》べる。

「この王宮に——その、わたくしの離宮近くで、ラー・シャイが現れましたの。それで、浄化し損《そこ》ねてしまって……」

「それだけで、俺のところに逃げこんでくるとは思えないですね」

「……逃げこむ？　わたくしが？」

かちんときたエルネスティーヌは、素直に事情を話す気が失せ、鼻息荒らく踵《きびす》を返す。

「休憩中《きゅうけいちゅう》のところ、邪魔《じゃま》しましたわね！　わたくし、離宮に戻りますわ!!」

「ちょっとー！　王太子さぁ、わざとこの子の逆鱗《げきりん》に触れないでよー。余計なことをすると、陽だまりの王子さまじゃなくてカエルの王子さまに変えて捕食《ほしょく》しちゃうよー」

「はは、ちょっとした冗談《じょうだん》ですよ。エスティ、からかってごめんよ。ちゃんと聴くさ」

「冗談に聞こえないのよ！　まったく、あなたが陛下《へいか》のご子息《しそく》でなければ今すぐ叩きのめしているところだわっ」

引き戻されたエルネスティーヌは抗議《こうぎ》してから、勧《すす》められた椅子に荒々しく腰を下ろす。

すると、ソンジャンテは複雑な微笑《びしょう》をのぼらせた。

「エトワール様相手でもろくに敬意を払わない君が、父上だけは素直に敬《うやま》うね」

「当然だ……です、わ。陛下は、わたくしの恩人《おんじん》よ。だからあなたとの婚約だって、陛下のご下命《かめい》ですから受け入れましたのよ」

「これでも俺は一国の王太子で、ご婦人やご令嬢《れいじょう》がたには人気があるんですけどね。そんな不敬《ふけい》を口にして許《ゆる》されるのは、世界広しといえど君だけだ」

不敬と言いながら、さして気にした素振りは見せず、とっておきのイタズラをしこんだ少年みたいに、無邪気《むじゃき》にくすくすと笑っている。

その楽しげな姿は、なるほど社交界で「おかわいらしい、陽だまりの殿下！　護って差し上げたいっ」と貴婦人たちに囁かれるだけの魅力《みりょく》があった。

親しみをこめた眼差しを受け、エルネスティーヌは強張《こわば》っていた肩から力を抜く。

「……よく、わからないことだらけですの。ヴァランが、わたくしがラー・シャイを引きこんだのではないのかと……王宮への反逆の嫌疑《けんぎ》をかけられて。そのうえ独房に拘束しろと、捕縛命令を出されてしまったの」

「捕縛命令？　……そのヴァランというのは、ヴァランタン・ル・イリスで間違いないですか？　俺の弟の？」

常に笑っているソンジャンテが勢いよく開眼し、指を耳の穴に突っこんだ。

こういう反応からしても、真面目《まじめ》な弟とは似ても似つかない。いっそ人類の神秘を体現したような兄弟だ。エルネスティーヌは腰が引けたが、ためらいがちに頷く。

「え、ええ。わたくし、ヴァランはその一人しか存じませんわよ。このひばりのことも、共犯ではないかと勘《かん》ぐってきて……ヴァランが、精霊とラー・シャイの因果《いんが》関係を知らないはずがないでしょう？　あれほど直情的になったヴァランは見たことがありませんわ」

「……確かに、わからないことだらけだ。あのヴァランが、君に対して手荒なマネに出るとは信じがたい。それ以前に、君はプティ・エトワールだ。本当に独房に入れたりでもしたら、瞬《またた》く間に他国に知れ渡る。せいぜい離宮で謹慎《きんしん》程度だろうに。……なにか裏がありそうだな」

顎に手を当てて考えこむ姿に、エルネスティーヌは前のめりになって主張した。

「ジャン！　わたくしは、誓《ちか》って言うわ。身に覚えがないと！　俗世《ぞくせ》のことに興味なんてこれっぽっちもないですし、恩人の顔に泥《どろ》をぬったりしないわ」

「それは、わかっていますよ。他人が思うより、君が意外と義理《ぎり》堅《がた》いことはね。……ですが、事が事です。王太子としては、公平な判断を下《くだ》さなければなりません」

「……でしょうね」

ヴァランタンが落ち着いてから仲立ちしてほしかったが、無茶だという自覚はあった。

（わたくし、どうなるのかしら……）

〈楽師《カンタンテ》〉に血筋は関係ないといえど、エルネスティーヌは平民の中でも貧民街《ひんみんがい》の出。

そんなエルネスティーヌの境遇を、多くの国民は単純に羨《うらや》むだけだ。

けれど血統至上主義な貴族からは疎《うと》まれているし、同じ〈楽師〉には妬《ねた》まれている。

つまり、エルネスティーヌがこんな失態をやらかしたとあれば、事情聴取《じじょうちょうしゅ》や謹慎だけですむわけがないのだ。周りが黙っていない。

「早合点《はやがてん》はいけません。王太子としては、と常識的に言ってみたまでです。……異変が続きすぎているのが、逆に怪《あや》しい。エスティを疑《うたが》えと言わんばかりの状況ですからね。こうまでお膳立《ぜんだ》てされると、物事を真正面から見つめる気すら失せます。俺は非常識なので」

「まぁ……じゃあ、仲立ちしてくださいますの？」

「いや？　しません。というかできません。なのでエスティには王宮を離れてもらいます」

窓から吹きこむ風で、ソンジャンテのふわふわの髪がそよいでいる。

今度はエルネスティーヌが耳の穴に指を突っこみたかった。

テーブルを引っくり返したい衝動《しょうどう》を抑え、両手をついて立ち上がる。

「ど、どういうことですの？　わたくし、逃げも隠れもしませんわ！」

「ふふ、エスティは甘いですね。イチゴの小菓子《プティ・フール》より甘々ですよ。どうせなら、投じた一石で二羽と言わず、三羽四羽と打ち落としたいではないですか。宮中の害虫をあぶり出す、またとない機会です。この状況を、有効活用しない手はありません」

「わー、こいつ一番敵に回したくないタイプだよー。ホント、ヒトってこわいよねー」

ひばりは呆れたように鳴いている。

にこにこ。花が飛んでいるような笑顔を浮かべて、ソンジャンテは平然と言い放った。

エルネスティーヌほどではないが、外見と発言が見事に噛み合わない。人畜無害《じんちくむがい》な王太子と侮《あなど》ったが最後、尻《しり》の毛までむしり取られそうだ。

「俺はね、エスティ。人の裏の裏をかくのは好きですよ？　特に口うるさいだけで鼻持ちならない輩の間抜け面《づら》は、溜飲《りゅういん》が下がります。だけど、はめられる側に回るのはごめんこうむりたい。ええ、かわいい弟が相手でもない限り騙《だま》されてあげる気にはなれない。小うるさい蟻《あり》は、そうと気づかないうちに踏んであげるのが親切というもの。特に、見た目より純朴《じゅんぼく》な弟を悪事に使う輩には念入りにお礼をしないと」

「……あなたが王太子なら、この国も安泰《あんたい》でしょうね。陛下も安心して、いつでもぽっくりと逝《い》けることでしょう」

「わお、君にしては珍《めずら》しい賛辞《さんじ》だ。ありがたく受け取っておこう。だからこそ、エスティには隠れていてもらいます。もちろん、父上にだけは話を通しておきますから安心してください。ほとぼりが冷めたら呼び戻しますから、長期休暇《きゅうか》とでも思って楽しむといい」

終始楽しげに励《はげ》ましてくれるが、エルネスティーヌは素直に喜べない。

「……本当に、わたくしを信じてくださっているの？」

ひばりがソンジャンテを頼り、ここに飛んできた選択は最良で間違いない。

けれど、あまりに話が上手《うま》く運びすぎている。〈楽師《カンタンテ》〉の証を握りしめた。

（……ヴァランは、わたくしに疑念を抱いたわ）

昔は嫌っていたが、幼なじみといえる二人は別だ。

氷の美貌と評されようと、いつだって優しかったヴァランタンのあの眼差しはこたえた。

表情を曇《くも》らせるエルネスティーヌに、ソンジャンテは優しく微笑む。

「もちろん。疑う理由がない。……俺にとって、君は妹のようなものだ。弟と同じように、いつだって幸せを願っているよ」

「ジャン……」

「だからエスティ。君が約束してくれるなら、俺も護ると誓おう。この頼りない両手でも、できる限りのことをすると」

柄《がら》にもなく胸が熱くなる。

「でも、ジャン。わたくし、自分に敵が多いと自覚しているつもりよ」

「ええ、その自己分析《ぶんせき》は否定《ひてい》しません。ですが君が残ったら残ったで、うるさく合唱するカエルがいます。さすがの父上も、日ごろ溜《た》め続けた鬱憤《うっぷん》を晴らす貴族共を御《ぎょ》しきれないでしょう。プティ・エトワールだからとお咎《とが》めがなければ、逆に父上の治世《ちせい》の汚点《おてん》になる。つまり、君の独房行きは免《まぬが》れない。最悪の事態です」

「結果、牽制《けんせい》に使っていたプティ・エトワールの醜聞《しゅうぶん》によって国家間のパワーバランスまで崩れると、そう言いたいわけね。……理屈《りくつ》はわかりますわ。でも本当に正しい選択といえるのかしら。そもそも身を隠すといっても、どちらに隠れればよろしいの?」

「……木を隠すなら森の中、人を隠すなら人の中。なら、答えは一つ」

にやりと、口角が凶悪《きょうあく》な吊《つ》り上がりを見せたのは気のせいか。ふわふわとした空気を撒《ま》き散らすソンジャンテの緑眼《りょくがん》は、生まれたての小鹿《こじか》のように無害そうだった。


楽術都市《がくじゅつとし》フィデールの上空では、いくつもの花火が咲いていた。

ラッパが吹き鳴《な》らされる中、大通りの四《よ》つ辻《つじ》に菖蒲《イリス》の花びらが降り注ぐ。

さらに道の両脇《りょうわき》を出店が埋《う》め尽《つ》くし、いつにない賑《にぎ》わいを見せていた。

今日は国王の生誕祭でもなければ、特別な祭日でもない。けれどフィデールで暮らす人々――郊外《こうがい》の住民でさえ、半年に一度の公開行事を楽しみにしていた。

そこはイリス王国に一つしかない、〈楽師《カンタンテ》〉の養成教育機関――聖フィデール楽院《がくいん》。

大昔、王族が冬の遷都《せんと》のために建造《けんぞう》した城郭《じょうかく》が基《もと》となった楽院で、侵入者《しんにゅうしゃ》を妨《さまた》げる外《そと》堀《ぼり》には水が流れていた。

しかし、今日は違う。普段は堅《かた》く閉ざされている跳《は》ね橋は下ろされ、楽しげな住民たちが行き交う。城郭に囲まれても閉塞感《へいそくかん》を覚えないほど広大な敷地《しきち》内にある、小さな扇形《おうぎがた》の歌劇場――普段閑散《かんさん》としたオーブ劇場に、見物客が押し寄せていた。

リュクシオル・ド・オリヴィエもまた息を切らし、扉《とびら》が閉まる寸前に劇場内へと駆《か》けこんだ。

今日は半年に一度の、聖フィデール楽院の入楽試験《にゅうがくしけん》。

その楽院の高等部に通うリュクシオルも、毎回この公開試験を見物していた。未来の〈歌姫《ディーヴァ》〉や〈歌王《ディウース》〉となる〈楽師《カンタンテ》〉の誕生に立ち会えるかもしれないからだ。

やっと見つけたスペースに体を滑《すべ》りこませた頃、ざわついていた客席も静まる。

真《ま》っ赤《か》な緞帳《どんちょう》は下ろされたまま、一人の男が舞台に進み出てきたのだ。

「初めに言っておく、音はヒトの命を握《にぎ》っている」

身もすくむような低声が、第一声として場内を打つ。高い鼻梁《びりょう》をまたぐように走る古傷が、男の凶相《きょうそう》を強調していることもあるのだろう。ホールの空気が二段階ほど冷えこむ。

(今回の受験者たちは、試験早々ツイてないな)

左目を隠《かく》すために伸ばした前髪を撫《な》でつけ、リュクシオルは苦笑した。男は楽院でもっとも容赦《ようしゃ》ないと有名な教官、ダミアン・ゴメスだ。

厳格《げんかく》を絵に描いたような教官は、会場を睥睨《へいげい》しながら続ける。

「音とは、世界のすべてだ。この世は音によって構築され、五大元素が支配する。たとえば心臓の鼓動《こどう》。これは五大元素の『火』に属し、命の脈動《みゃくどう》そのものだ。音が途絶えれば、屍《しかばね》でしかない。今発している言葉もまた、音である。人を癒《いや》し、傷つける力がある音だ。

名前とて同じこと、名がない存在は存在していないに等しい。世界に認められていない自己と考えれば、自身の名のありがたみを嚙《か》みしめられることであろう」

常に簡潔《かんけつ》に話す教官にしては饒舌《じょうぜつ》といえる。

ゴメスは鬱々《うつうつ》とした長息を吐《は》き出し、力強い声で言い切った。

「元々力を持つ音に、さらなる命を宿《やど》す能力者——それが〈楽師〉。ゆえに惰弱《だじゃく》は許《ゆる》さない。それを踏《ふ》まえたうえで、これより葡萄月《くがつ》の試験を開始する！」

緞帳《どんちょう》が左右に引かれはじめると、わっと歓声がはじける。

演奏家も誰も控《ひか》えていない舞台の中央に置かれているのは、小さな演壇《えんだん》。五芒星《ごぼうせい》の形に切り出されたムジカ石でできている、特別なステージだ。

舞台の端《はし》にはけた教官が、まず一人目の受験者の名を呼ぶ。すると、袖《そで》から赤銅色《しゃくどういろ》の髪の少女が出てきた。緊張《きんちょう》しているのか、両手両足が一緒に出ている。

少女はぎくしゃくと歩みを進め、ぎこちなくお辞儀《じぎ》をすると演壇にのぼった。

教官の険相《けんそう》を見てしまったようで、顔色は死人の方がマシなくらいだ。

「あ、あーあー」

少女は怯《おび》えたように背中を丸める。

それでも音を取るために声を出す。この時点では、ムジカ石は反応を示さない。

ここでの試験内容は毎回同じだ。言われることは一つ——『自分の好きな詩《うた》を歌え』。

少女は体を左右に動かしながら口を開いた。

「――遥《はる》かなる　地平の彼方《かなた》」

舟歌《ふなうた》を選んだようだ。玻璃《はり》をはじいたように、どこか神経質な歌い出しである。頼りなく響《ひび》いているが、耳の肥《こ》えた聴衆《ちょうしゅう》は「おや」と思った。リュクシオルも感嘆《かんたん》する。けれど、歌に感じ入ったわけではない。

「――輝く海が　器となれば
　輝く星は　導《みちび》きとなれ」

ぽうと、ムジカ石の中心にあたたかな光が灯《とも》った。初めは蛍火《ほたるび》のようなほのかなものでしかなかった。しかし歌が進むにつれて、光が強まっていく。

「――自由な風は　軽やかに
　嗚呼《ああ》――……」

ひときわ甲高《かんだか》い声が振り絞《しぼ》られた瞬間——内側で滞《とどこ》っていた光が破裂《はれつ》した！

四方八方に散《ち》っていく鮮《あざ》やかな紫《むらさき》は、歓喜《かんき》に満ちた聴衆の顔も照らし出す。

次《つ》いで、少女の髪から色素が抜けていく。

赤銅色から黄金色《こがねいろ》へと染め変わる光景は、たとえようもないほど幻想的《げんそうてき》だった。

このホールで試《ため》されるのは、歌った時にムジカ石が光り、髪色が変わるかどうか。

つまり、〈楽師《カンタンテ》〉の才能を問う試金石《しきんせき》の舞台なのだ。

リュクシオルの髪も今でこそ銀灰色《ぎんかいしょく》だが、元々は宵闇《よいやみ》の色をしていた。

その後に筆記と実技の試験も待っているが、ここで門前払いされることはほぼない。

どこの国も喉《のど》から手が出るほど〈楽師〉を欲している。なので、楽院に関わる費用はすべて国が負担《ふたん》していたし、入楽試験は建前《たてまえ》として行なわれるだけだ。

ただし、ゴメスが試験官の場合は、一定の点数を取らなければ入楽できない。その分、彼が試験官の時に入楽した生徒の多くは優秀で、リュクシオルもまた、その一人だった。

（紫だと、属性は『水』か。だが本当の試験はこれからだな）

心の中で応援《おうえん》していると、ちょうど歌も終わり、ほとんど泣いている少女が一礼する。

一呼吸置くと、溢《あふ》れんばかりの拍手《はくしゅ》で劇場内は沸《わ》いた。

試験はまだまだ続く。その間に何度かムジカ石が光るも、髪色の変わらない受験者は多い。そういう受験者はもう一曲歌わされるが、まずなにも起こらない。

「あーあ、また〈吟遊詩人《トルバドゥール》〉だわ。〈吟遊詩人〉って、本当に〈楽術《ネウマ》〉を操《あやつ》れないのね」

そうこぼした女性の視線の先には、落胆《らくたん》する黒髪の受験者の姿があった。

〈吟遊詩人〉は〈楽師《カンタンテ》〉より数が多く、その分だけ腰も軽い。イリス王国だけでなく、時には他国まで散らばり、その土地の様子を詩にして国王に報告することが役目だ。

〈吟遊詩人〉も入楽は許されているが、やはり花形の〈楽師〉を志願していたのだろう。

（石が光っても、五大元素――〈楽術〉を操れなければ、資格はないからな）

可哀相《かわいそう》なことだが、同情はしない。リュクシオルは眉《まゆ》をひそめ、ため息をつく。

（どちらにせよ、今回も胸を打つ歌は聴けなかったな……）

リュクシオルが求める歌の基準が高すぎることもあるのだろうが、不作としか言いようがない。これでは、と考えたところで最終コールが響く。

「……番、本日最後の歌い手！　イヴリーン・シラク、前へ」

再び舞台を注目すると、黒髪の娘が袖から出てきた。

まったく靴音《くつおと》を響かせることなく、滑るように台座まで辿《たど》り着いた。そのあとを、ひばりのような鳥がついて飛んでいる。

娘が着ているのは、どこにでも売っている質素《しっそ》なワンピースだった。その裾を持ち上げ、膝《ひざ》を折りながら自然に身をかがめてみせる。

(どこぞの貴族の子女《しじょ》なのか?)

野暮《やぼ》ったい眼鏡《めがね》をかけ、二つに分けて編《あ》んだ髪を垂《た》らした垢抜《あかぬ》けない印象からは想像もつかない優雅《ゆうが》さだ。今のお辞儀を自然にこなせる令嬢は滅多《めった》にいない。

台座に立った娘は、どんな受験者よりも自信に満ち溢れていた。すっと伸びた姿勢に、すらりとした長身が強調される。堂々たる立ち姿には貫禄《かんろく》すらあった。

ざわっと、ホールの空気が一変するのを肌《はだ》で感じ取った。

そうして、「もしかして」という聴衆の期待を背負った娘は静かに開口した。

「――闇が生まれ　光が出《い》ずる」

その歌い出しで、席から転がり落ちる客が続出した。

当人は気持ちよく歌っているようだが、ツッコミどころしかない。

(下手《へた》くそすぎる!　なんだこの音痴《おんち》はっ!?)

リュクシオルも手すりがなければ転落していただろう。それほどひどい歌だった。

(な、なんなんだ……わけがわからないぞ……まるで瀕死《ひんし》のアヒルじみた、むしろ息の切れたロバ……いやいや飛ぶ鳥も失神しかねない殺人的な音痴だ!　無駄《むだ》に情感豊《じょうかんゆた》かに歌い上げているから余計に性質《たち》が悪いっ)

娘の頭上《ずじょう》で旋回《せんかい》しているひばりも、心なしか遠くなる意識と葛藤《かっとう》しているように映《うつ》った。

声量も発音も流暢《りゅうちょう》ではっきりしているのに、上《うわ》ずりすぎて金切り声と化している。

これほど筆舌尽《ひつぜつつ》くしがたい音痴は、もしかしたら大陸中を探したって見つからないかもしれない。耳の肥えた聴衆も悶絶《もんぜつ》している。

美意識を破壊《はかい》寸前の歌声は鼓膜《こまく》にこびりつく。最低一週間は悪夢に魘《うな》されるだろう。

(だれか音痴だって教えてやれよ！　いい恥《はじ》さらしじゃないか！)

リュクシオルは耳を塞《ふさ》ぎながら息をついたが、目を疑う光景に仰天《ぎょうてん》した。


「——聖なるかな　聖なるかな！

　とこしえに坐《ましま》す神の王」


「うぉえええええっ!?」

歌っている最中にもかかわらず、客席にどよめきが走る。

教官が咎《とが》めるような一瞥《いちべつ》を投げかけてきたが、リュクシオルもそれどころではない。

彫像のようにたたずむ教官の強靭《きょうじん》な精神力よりも、驚嘆《きょうたん》に値《あたい》するのはその台座。

なんと、光を発しているではないか！

「あ、ありえない……」

呆然《ぼうぜん》と見つめるリュクシオルの顔にも、場内の隅々《すみずみ》まで満たす光の雨が降りかかった。

強く発色する赤に、うっすらと青色がかぶさっている。

（半人前の分際《ぶんざい》で二色なんて――それも、完全な別色で光るなんてありえない！）

ムジカ石が発する光の色は、魂《たましい》の属性そのものを表す。

一人前の〈楽師《カンタンテ》〉でも魂の属性と異なる色――つまり複数の属性を操るのは至難《しなん》の業《わざ》だ。

たとえ二色以上光っても同系統の色なのに、それが今、完全なる別色を帯びている。

こんな音痴なのに！　会場に充満する心の叫びが一体となった頃、娘の歌は叩《たた》き切るように終わった。どやぁ！　という顔で、彼女はホールを見渡している。

野次《やじ》が飛んでもよさそうなものだが、今の歌で気力を根こそぎ奪《うば》われていた。

リュクシオルも手すりに縋《すが》りつき、舞台上の娘を殺意をこめて睨《にら》みつける。

（歌？　あれが歌なのか!?）

〈楽師〉を目指す一人として、あんな歌は認められない。

それに、髪も黒いまま。この娘だって、きっと〈吟遊詩人《トルバドウール》〉に違いない。

それでも形式上、教官は『火』を讃美《さんび》する詩を再度歌うようにと指示を出す。

娘は頷《うなず》くと、再びあの脳みその細胞ごと消滅《しょうめつ》させる歌が響き渡る。

「――血染めの荊棘《けいきょく》に　赫《あか》き薔薇《ばら》　焔火《えんか》のごとく燃え上がれ！」

「うっそ――！」

「静粛《せいしゅく》に！」

とうとう教官の注意が飛んだ。観客のざわめきは最高潮《さいこうちょう》に達していた。

（火が出た⁉　嘘《うそ》だろ、なにが起きているんだ⁉）

赤々と燃える火の玉が、娘の周囲を飛び交っている。

それは〈楽術《ネウマ》〉――自然を操る歌声を持つ〈楽師《カンタンテ》〉にしかできない芸当だった。

黒髪のままなのに！　娘は当然といったようにお辞儀をして、舞台からはけていく。

（この楽院に、コネで入楽するヤツが現れるだなんて……）

ぎりぃと奥歯を噛みしめた。

ムジカ石にどんな小細工《こざいく》も通用しないことはわかっている。けれど、この判定は間違っている。どんなからくりがあるのか知らないが、なにか裏があるに決まっていた。

「……どうせ、どうせこれっきりだ」

リュクシオルは腹腔《ふくこう》に満ちた怒《いか》りを、ゆっくりと吐き出す。

（あんな音痴が、あのお方のお役に立てるわけがない）

何度も自分に言い聞かせながら、オーブ劇場をあとにした。

すぐに忘れ去られる受験者の中で、印象深い合格者となったイヴリーン・シラク。

最後まで席を離れなかった根性《こんじょう》のある聴衆は、この日の椿事《ちんじ》を『葡萄月《ヴァンデミエール》に訪れた美意識の死神』やら『〈楽師〉の革命児《かくめいじ》』だのと名づけ、長いこと語り草となった。

翌々日、リュクシオルは現実がそうそう思惑通《おもわくどお》りに運ばないことを思い知る。


「首尾よく入りこめたわ」

イヴリーン・シラクは黒く染めた三つ編みをほどきながら、鼻唄まじりに呟《つぶや》いた。

あのあと筆記に実技と見事切り抜け、聖フィデール楽院に入楽をはたしたのだ。

簡単な説明を受けたが、設備は大中小と分かれた歌劇場に礼拝堂。それから四棟《よんとう》を渡り廊下《ろうか》で結ぶ寄宿舎《きしゆくしや》などを、楽舎《がくしや》である城郭が囲んでいるらしい。

（ま、わたくしの実力でいえば当然の結果だけどね！）

全寮制《ぜんりようせい》なのでそのまま入寮をすませたが、にしても、と室内を見回す。

聖フィデール楽院の由来《ゆらい》となった、〈神王《しんおう》〉の御使《みつか》い聖フィデールは双頭《そうとう》の白鳥で降り立った逸話《いつわ》がある。ゆえに楽院には鳥に関連したモノが多く、校章も双頭の白鳥と音符《おんぷ》。

この部屋とてそうだ。小花模様《もよう》が散《ち》った淡色《たんしよく》の壁紙に、白鳥が浮《う》き彫《ぼ》りにされている。

こじんまりとした調度品も押しつけがましくない、イリス風のかわいらしい内装。

しかし、贅沢慣《ぜいたくな》れしたイヴリーンの感想はただ一つ。

「この部屋、すっっっごく地味だわ……それ以前に、狭《せま》すぎやしない？　この狭さなら、わたくしの衣装《いしょう》部屋の方が広いくらいだわ！　ウサギ小屋の方がまだマシよ」

「……きみ、その率直な意見は外で言わない方がいいよー」

「おまえは感じないの？　狭くて息苦しいじゃない。壁をぶち壊《こわ》して、増築したいくらい。今は一人部屋だけど、本当は二人部屋だというでしょ。信じられない！」

「いやいやー、マジでマジで。きみ、王太子《おうたいし》との約束を忘れたわけー？　人類のくせに鶏《とり》頭《あたま》だなんて悲惨《ひさん》だねー、下等生物だねー」

なぜかげっそりした様子で毛づくろいしながら、ベッドにいるひばりはけたけたと笑う。

（こいつ……近い将来、絶対焼き鳥にしてくれる）

自然と半眼《はんがん》になったイヴリーンだったが、もちろん忘れていない。

「大人しくしているじゃない！　目立つなと言われたから、変装《へんそう》までしているのよ？」

「その言い訳が、王太子に通じるか見ものだよねー。聴衆があんな反応したの、きみだけじゃん！　超目立ってたよ！」

「あら、そんなに目立っていたの？」

怒ったように口ばしを鳴らされ、イヴリーンは頬《ほお》に手を添《そ》える。

しばらく目をぱちくりさせてから深く首肯《しゅこう》した。

「おまえの言いたいことが、ようやくわかったわ……ええ、目立つに決まっていたのよ。

いくら変装してもわかる、この美貌《びぼう》！　気品に満ちた身のこなし！　隠しようもない美声……！　ああ、わたくしったらなんて罪《つみ》なのかしら！」

「美声、ねー。確かにいろんな意味で罪だったな」

「あのラー・シャイと遭遇《そうぐう》してから違和感《いわかん》はあったけど……ムジカ石は光ったし、いらない心配だったわ。ふふ、聴衆だって感動のあまり、涙ながらに聴いていたものね！」

「きみ、視力はだいじょうぶー？　みたいな。例のうそっこ眼鏡を新調すべきだよねぇ！　まぁ……光に関しては、おれが二色程度に抑《おさ》えてやったけどー。ていうか、あの歌声でも完全な別色が光るってことにびっくりしたよー」

　つやつやになった翼を羽ばたかせて、意味深にため息をつく。

　先ほどから含みを感じるが、ひばりはいったいなにを言いたいのだろうか。

「光るって、当然じゃないの。なにを言っているの、そこまで耄碌《もうろく》していただなんて知らなくてよ。精霊《せいれい》は軒並《のきな》み年寄りって本当なのね」

「あ、おれムッカついたー。くけけ……きみがイヴリーンを名乗るだなんて、天変地異の前触れかなー！　イヴリーンだった頃、忘れたいんじゃなかったのかなー！」

「……おまえ……」

　こめかみがぴきぴきと音を立てる。

（こいつは本当の本当に性格が悪いわ！）

イヴリーン――王宮に引き取られた時、歴史の闇に葬《ほうむ》り去った本当の名前だ。神秘的なプティ・エトワールの名前にはいささか不向きとして、かわりにエルネスティーヌと名づけられた。この名を知るのは、実の両親を除いては国王夫妻だけだ。

エルネスティーヌことイヴリーンは眉根を寄せ、胸元《むなもと》の硬質《こうしつ》な感触《かんしょく》を確かめた。

「……それしか、思いつかなかったのだから仕方ないじゃない。まぁ、本当はシラクなんて家名も持たないけど……今だって、ただのエルネスティーヌだものね」

「うへぇ、いきなりしおらしくなるなよー。ま、これはおれが悪かったかな。めんご！」

「絶対、悪いと思っていないでしょ。……別に、よくてよ。わたくしが貧民街《ひんみんがい》出身であることは周知の事実だし、おまえたちのおかげで、あまり会話は覚えてないもの」

イヴリーンはベッドに腰かけ、鼻から抜けるように笑うと目を伏《ふ》せた。

生まれて間もない頃からだろう、イヴリーンは精霊や妖精《ようせい》に気に入られていた。だから両親が口汚《くちぎたな》い言葉を発した時、彼らは大人になってから意味を理解しないように音を遮断《しゃだん》してくれた。でも、イヴリーンは知っている。

もし王宮に引き取られるのが少しでも遅ければ、今の自分がいないことを。

〈吟遊詩人《トルバドゥール》〉が歌うわたくしを詩にして、陛下《へいか》に献上《けんじょう》しなかったら娼館《しょうかん》送りだったわ）

王宮に引き取られる六歳まで、野宿が当たり前の生活だった。

イヴリーンが歌って稼いだ金は、すべて親の酒代に消えていった。

毛布にくるまって眠ったり、お腹いっぱい食べられたら、不幸の先触れだという日々。今では内装にいちゃもんをつけられるほど、イヴリーンは恵まれている。それもこれも、便宜《べんぎ》をはかってくれたイリス国王と〈吟遊詩人〉のおかげだ。

ベッドに体重をかければ、ぎしりと音が立つ。

「プティ・エトワールの地位に未練なんてないわ。もちろん、エトワールにだってね。でも、わたくし、真面目《まじめ》に楽生を演じるわよ。罪なまでに美しいわたくしだけれど、目立たないように精一杯がんばるわ。陛下に迷惑《めいわく》がかかるようなマネはしない、絶対に」

「……きみ」

「ひばりも協力して。なんだったら、おまえのためだけに歌ってあげてもよくてよ」

小鳥はつぶらな瞳で見上げてきたが、やがてゆるゆると息を吐き出した。

「歌は遠慮《えんりよ》するけど、きみって……ホント……バカだよね。ホント、バカだ」

「まぁ、それはそれとして。問題は今よ今、重要なのは未来だけよ！　どうすればわたくしの素晴らしさを隠せるのか、建設的な知恵を出しなさ……あ、痛いっなにをするの！」

ぐっと握りこぶしを作って力説すると、なぜかひばりが手の甲《こう》を嚙んでくる。

咄嗟《とっさ》に振り払えば、ひばりは白《しら》けきったように言った。

「けっこーいい話としてまとまりそうだったのに、台無《だいな》しにする発言きたねー。だからきみ、口を開くなって言われるんだよー。うっかり同情しちゃったし、一生の不覚！　そもそも、きみに演技なんてムリムリ。無自覚でどうかと思う発言するしー」

「おまえの精霊らしい非常識さと比《くら》べたらまともな方だわ。わたくしほど、常識的な人間はいなくてよ！」

えへん！　胸を張れば、ひばりは生温かい視線を注《そそ》いでくる。

「自分自身の姿は、得てして正しく見えないものだよねー。ま、いいや。で？　きみはどこに編入するわけ？」

「専攻楽科《せんこうがっか》は『火』で、高等部二年の……なんて楽級《がっきゅう》だったかしら。ええっと、制服や授業に必要な道具はもらったのよね」

イヴリーンはベッドに放り出していた袋を漁《あさ》り、受け取ったモノを広げていく。

鈴《すず》以外だと、日用品やささやかな装飾品は持ち出せたが、服は寝衣《しんい》と質素な数着だけ。教本や帳面《ちょうめん》、筆記用具はどうでもいい。問題は制服だ。

それと思《おぼ》しき水色を基調としたワンピースドレスは首筋を隠す意匠《いしょう》で、膨《ふく》らんだ肩先から幾重《いくえ》にも重なった袖飾り《ラッフル》が垂れ下がり、フリルが控えめな裾《すそ》は動きやすそうだ。

「赤いリボンと脚絆《ゲートル》、これは革帯《ベルト》？　ブローチに手袋とマント、ブーツ……礼服も兼《か》ねているのかしら。媒介《ばいかい》となる楽器は見当たらないけど、及第点《きゅうだいてん》をあげてもよさそうよ」

「きみってばマジ何様ー？　みたいな。楽器は卒業時に、証と一緒に授与《じゅよ》されるんだよ！で、楽級はわかったわけ？　ブローチに描かれた記号を早く言いなよ、グズ！」

「おまえって鳥類は、よほどわたくしに縊《くび》り殺されたい願望でもあるようね。……ブローチには牡羊《おひつじ》を図案化した記号が描かれているわ、これがなに？」

　ふむふむと頷いていたひばりは飛び上がると、イヴリーンの肩に乗り移った。

「高等部、二年、〈白羊級《ベリエ》〉ね……ふぅん。どうやら、きみは相当前途有望な〈楽師《カンタンテ》〉と見なされたようだよー。あの歌を聴いて判断がとち狂《くる》った可能性もあるけど、こりゃ確実に目立つねー。王太子が知ったらどうなるかな、わくわく！」

「わたくしが優秀なのは世界の真理に等《ひと》しい常識だけれど、目立つって？　そんなわけないじゃない。十七歳として申告したから、普通の学院と同じく二年生なんでしょうよ」

「それが、そんなわけがあるんだよね！　十六歳って言うと逆にウソっぽいきみだけど」

「ちょっと、ケンカを売っているのかしら。売っているなら千倍にして買って差し上げるわよ。わたくしのどこが、十六歳に見えないというの」

　頬を膨らませると、ひばりはにこやかに否定《ひてい》してくれた。

「だいじょうぶだよー、くだらない心配だよー。むしろ、十六歳で入楽したら年齢詐称疑《ねんれいさしょうぎ》惑《わく》をかけられるってばー。きみ、見た目だけなら百戦錬磨《ひゃくせんれんま》な美女に見えるし！」

「……わかっていたことだけど、おまえの物言いって心底腹立つわ……」

「ちなみに、楽年《がくねん》と年齢は関係ないんだよー。言っておくけどおれ、きみより楽院に詳《くわ》しいからね！　未熟でも上質な音が聴ける数少ない場所だしー。よく遊びに来ていたんだあ」

どうしてそれを早く言わない！

殺意で両手をわきわきさせるイヴリーンだったが、ひばりは得意げに続ける。

「初等部、中等部、高等部と段階を踏むってことは知っているよねー？　初等部では〈楽術《ネウマ》〉の基礎《きそ》と制御方法は学ぶけど、一般教養や礼儀作法が重要視されるんだよ」

「〈楽師《カンタンテ》〉は王侯貴族と接する機会が多いものね。粗相《そそう》しないよう徹底的《てっていてき》に躾《しつ》ける必要があるから、妥当《だとう》と言えるわ」

「そうそう、だから初等部にいる生徒は平民出だけなんだぁ。貴族の子弟《してい》もいるにはいるけど、〈楽術〉の基礎と制御方法を学んだらさっさと中等部に上がっちゃうしー。おれとしては、どうでもいい楽舎かなぁ。で、中等部から一般教養や礼儀作法の授業が減る反面、〈楽術〉の授業が本格的にはじまるんだよ！　進級は試験の結果次第だけどー、高等部からはより専門的な課程を学んでいくって寸法だね」

おちょくるために脱線するかと思いきや、至極《しごく》まともな解説である。

明日は確実に暴雨の到来だ。そんなことを思いながら、素直《すなお》に首をかしげる。

「そうなの。……で？　それが目立つこととどう繋《つな》がって？　わたくしが美しいから？」

「きみの美貌なんてどうでもいいよー。高等部三年は、すべての集大成なんだよ！　就職《しゅうしょく》に向けた環境を作るため、目指す職別に初めて楽級が分けられる。つまり、二年ってことは卒業の一歩手前だよ？　初等部も中等部も、高等部一年だってすっ飛ばしてさぁ。注目してくれと言っているようなモノだよねー。……きみ、筆記試験でなにをやったわけ？」

「な、なにって……普通に、真面目にやったわよ」

「あー……きみ、珍《めずら》しく手を抜かなかったのか……どこに出ても恥《は》ずかしくないプティ・エトワールとして教育されてきたきみが、普通に、真面目に試験なんて受けちゃったらダメに決まっているじゃん！　王宮に戻ったらゆっくり叱《しか》られるがいいよ！　くけけ、おーれは知ーらない」

けたけた。まるで悪魔のようだ。ラー・シャイの魔物だってここまで邪悪《じやあく》に笑わない。

（さ、最悪だわ……そして、こいつは最低だわ……）

血の気が引いていく幻聴《げんちょう》を聞いた気がした。

次いで、忠告が脳内で再生される。

『まず、一つ目。〈楽師〉を隠すなら〈楽師〉の中、つまり聖フィデール楽院に入楽してもらいます。ちょうど来月――葡萄月《ヴァンデミエール》に試験がありますから、打ってつけの隠れ家《が》です。試験の時は精霊に協力してもらい、ムジカ石の光をどうにかごまかしてください。ムジカ石の光が少なければ、エスティと繋げる輩《やから》はいないでしょう。二つ目、くれぐれも目立たないように！　言っても無駄な気はしますが、目立っては本末転倒です。三つ目、プティ・エトワールの不在をごまかせる半年以内にけりをつけるつもりです。いいですか、エスティ。目立たないよう、影を薄《うす》くして、休暇《きゅうか》を楽しむんですよ。そして自由を知るとい い、父上もそう望むはずです。きっと、君の世界が広くなることでしょう』

一言一句《いちごんいっく》、きっちり思い出したイヴリーンはいっそ記憶喪失《きおくそうしつ》になりたかった。

にやつくひばりに対し、必死で自己弁護《じこべんご》する。

「で、でも、のちのちわたくしがプティ・エトワールだと知られた場合、陛下の恥になるようなことはできなくてよ。それに、落ちこぼれなんて言われたら……」

いったん言葉を区切ってうつむく。

あまりにおぞましい未来予想図に身震《みぶる》いした。

「た、耐《た》えられない……！　金食い虫だの口を開けば棘《とげ》しかない薔薇と言われても『負け犬の遠吠《とおぼ》えってすてき』って悦《えつ》に浸《ひた》れたけれど、落ちこぼれなんてあだ名だけは耐えられない！　斜陽《しゃよう》のプティ・エトワールなんてたとえられた日には、わたくし……」

がたがたと体の震えも大きくなっていく。

顔を覗《のぞ》きこんできたひばりをひっ捕《つか》まえて、ぎりぎりと締《し》め上げる。

「ぐうぇっ」

「そんな日が来たら、全人類、呪《のろ》ってやるわ……わたくしだけ斜陽なんて……許さない……まとめて、不幸のどん底よ……ふふ」

「お、おれも死んだら、きみを呪ってやる……く、苦しい！　うぐぐ……」

3

聖フィデール楽院《がくいん》は初等部から高等部まである全寮制《ぜんりようせい》だ。遅刻の心配は必要ない。

城郭《じようかく》そのものが楽舎《がくしや》なので、等間隔《とうかんかく》に配置された塔《とう》を区切りに、初等部、中等部、職員室や医務室に食堂などがある特別棟《とう》、実技棟、高等部、図書館と用途別に分かれている。

高等部は城門近くの区画にあり、その二階が二楽年《にがくねん》のフロアだ。

入楽《にゆうがく》試験から二日後のその日。

イヴリーンは一番奥の教室、〈白羊級《ベリエ》〉と彫《ほ》られたプレートの前で待機《たいき》していた。

両肩から垂《た》らす編《あ》みこんだ髪も、目元を隠《かく》す前髪も、そして古くさい黒縁眼鏡《くろぶちめがね》も、野暮《やぼ》ったすぎて趣味《しゆみ》ではない。が、イヴリーンの美貌《びぼう》を隠し通すには必要な変装《へんそう》だった。

「朝礼をはじめる前に、紹介《しようかい》する生徒がいる。……入れ」

しばらくして中から促《うなが》され、扉《とびら》を開く。

教壇《きようだん》に立つ、険相《けんそう》に古傷《ふるきず》が走った教官——今月の試験官だったダミアン・ゴメスは、この楽級《がっきゅう》の担当教官だという。

イヴリーンは背筋《せすじ》を伸ばし、滑《すべ》るように歩いた。なびく白地のマントを払い、ゴメスの隣《となり》に並ぶ。集まる視線に、後《おく》れ毛《げ》を耳の後《うし》ろにかけてから一つ頷く。

「初めまして。わたく——わたしは、イヴリーン・シラク。十七歳です」

名乗った瞬間《しゅんかん》、ざわめきは最高潮《さいこうちょう》に達した。その合間に、意味深《いみしん》な囁《ささや》きが聞こえてくる。

「……イヴリーン・シラクって、まさかこの間の試験で美意識に革命《かくめい》を起こした……」

「……聴衆《ちょうしゅう》に死神が頭上《ずじょう》で鎌《かま》をもたげる幻覚まで見せたっていうあの、稀代《きだい》の音痴《おんち》？」

音痴？　なんだそれは。内心頭をひねっていると、騒《さわ》がしい物音が耳朶《じだ》を打つ。

発生源を一瞥《いちべつ》する。物音は、椅子《いす》を蹴《け》り上げた音だった。日に透《す》けた銀灰色《ぎんかいしょく》の髪をきらめかせた窓際《まどぎわ》の男子生徒が、驚愕《きょうがく》もあらわにイヴリーンを凝視《ぎょうし》している。

（まさか、知り合いじゃないでしょうね）

同い年だろうか。腕利《うでき》きの名匠《めいしょう》に手がけられた彫刻《ちょうこく》のように、細部まで整《ととの》っている。かすかに残った潔癖《けっぺき》な少年らしい幼《おさな》さが、かろうじて彼に人間味を与えていた。

中でも印象的なのは、猫のようにきらめく黒瑪瑙《オニキス》の隻眼《せきがん》だ。顔の左半分は前髪で覆《おお》われているが、心臓ごと射抜《いぬ》くような目力に鼓動《こどう》が跳《は》ねる。

あきらかに他の生徒と一線を画《かく》した雰囲気《ふんいき》で、ひやっとしたものの心当たりはない。険が走った猫目に胸騒《むなさわ》ぎを覚えながら、正面に視線を戻す。あとは冷静に自己紹介を続けた。

「初めての楽院生活なので右も左もわかりませんが、卒業までよろしくお願いします」

にこりともしないで、こうべを下げる。

話し声は大きくなる一方だったが、ゴメスの一声によって再び静かになる。

「静粛《せいしゅく》に。オリヴィエも着席しろ。……シラクは中央の列の最後尾《さいこうび》、空《あ》いている席に座れ。周囲の生徒は慣《な》れるまで面倒を見るように」

中央の列？　最後尾？　隣席《りんせき》と思《おぼ》しき女子生徒が、半泣きで猛然《もうぜん》と首を振っているのが見えた。いやがっているのはわかるが、気にせず近づいて椅子を引く。

左側頭部から赤みがかった金髪を一つに垂らした少女は、かちんこちんに固まっている。

「……あなた、お名前は？」

水を向ければ、女子生徒は椅子ごと飛び上がった。いちいち反応が大きい生徒である。

「……ミ、ミレイユ、マルソーですぅ……」

「そう、マルソーさん。しばらくお世話になりますが、よろしくね」

棒読みになってしまったが、友好的に返せたはずだ。

女子生徒は目をぱちくりさせてから、頰《ほお》を上気させて何度も頷く。

嬉《うれ》しそうだったのも束《つか》の間、なぜか怯《おび》えたように身をすくめる。

いったいなんなんだ。疑念《ぎねん》は尽《つ》きないが、ゴメスの号令で朝礼がはじまった。

曜日を問わず、一時限目は祈《いの》りの授業だという。といっても一章節ほど聖歌《せいか》を諳《そら》んじたあとは、〈楽術《ネウマ》〉を操《あやつ》る際に使う古ムジカ語を学んだり、発音の矯正《きようせい》が主《おも》だ。

編入早々当てられたが、プティ・エトワールであるイヴリーンにはどれも簡単すぎた。

一時限目が終わり、十分休憩《きゆうけい》に入る。途端《とたん》、イヴリーンの周囲に女子生徒が群《むら》がった。

「シラクさんってこの間の試験の合格者だよね？　わたし、あの日の試験見てたんだ！」

「え、この間って……二日前のアレ？　まさか、初等部も中等部もすっ飛ばしてうちに入ったの!?　そんな生徒、初めてじゃない？　すごいじゃん！」

「聴衆のお一人でしたか、その節はどうも。そんな、たいしたことではありません」

当然の結果だけどね！　本音《ほんね》を隠し、折り目正しく謙遜《けんそん》してみせる。

ひばり曰《いわ》く、入楽試験ではできるだけ早く、一人前の〈楽師《カンタンテ》〉を輩出《はいしゆつ》するための工夫を施《ほどこ》しているらしい。それぞれの楽舎で徹底的《てつていてき》に叩《たた》きこまれる知識が出題されるのだ。

つまり、知識に見合った楽級に編入させることができる。効率重視というわけだ。

「やっぱり、シラクさんの専攻楽科って『火』なんだね。わたしと同じだ！」

「そうですが……なぜ、わかったのですか？」

「だって、首元のリボンが赤いじゃない！　ほら、この子は『水』だから紫だし、あっちは『木』だから青。男子は腕章《わんしよう》だけどさ。ね、わかりやすいでしょ？」

なるほど。高等部に上がると、魂の属性によって専攻楽科《せんこうがっか》を振り分けられると聞いていたが、リボンで区別していたのか。イヴリーンは納得《なっとく》した。

魂《たましい》の属性もまた、五大元素に当てはめることができる。それは音から世界が創造され、五大元素――自然に支配されているからで、人間も自然の一部というわけだ。

人格にも影響《えいきょう》する魂の属性は、ムジカ石が強く発する光で判別できる。

イヴリーンの場合、赤はそのまま『火』に通じていた。

変装の自信は持てたが、面倒には変わりない。頃合《ころあ》いよく鳴った予鈴《よれい》にホッとする。

イヴリーンの席に集まっていた女子生徒たちも慌《あわ》てて散っていく。

そうして、二時限目の授業がはじまったのだった。

（ふふっ、どいつもこいつもちょろっちょろね。わたくしにかかればこんなものよ！）

三匹の化《ば》け猫《ねこ》を念入りにかぶり直し、イヴリーンはほくそ笑む。

高等部二楽年は三楽級《さんがっきゅう》あり、イヴリーンが編入《へんにゅう》した〈白羊級《ベリエ》〉の生徒数は十三人。

どうやら少人数編成で、生徒とじっくり向き合っていく方針らしい。

隣席の女子生徒は快活《かいかつ》な印象とは裏腹におどおどしていたが、御《ぎょ》しやすい分には問題ない。他の同級生もおおむね好意的である。

『きみのような味方も敵にしちゃうヒトでも、距離を置いた敬語を心がければ無闇《むやみ》に反感は買わないと思うよー。それで袋叩《ふくろだた》きにされたら、それはきみの性格の悪さが滲《にじ》み出たってことだから諦《あきら》めるといいよね！　うけけ』

そう言われた時は癪《しゃく》に障《さわ》って握《にぎ》りつぶしかけたが、ひばりの助言《じょげん》を聞き入れて正解だった。

（謙虚《けんきょ》に謙虚に、事実は言わないように気をつけて……）

そんな風に言い聞かせ続け、五時限目。

専攻楽科別に受ける選択《せんたく》授業の一つで、編入初日の授業はこれが最後となる。

二楽年『火』の生徒全員で行なう授業で、実技棟《じつぎとう》の一室に集まっていた。

担当教官は無駄《むだ》に色っぽい女性だ。石造りの部屋には結界が張られている。

〈楽術《ネウマ》〉を操り、『火』に関連する事象を引き起こすのが、本日の授業らしい。

植木鉢《うえきばち》を持ってきた生徒は時季の過ぎた杏子《あんず》を実らせ、金塊《きんかい》の生徒は溶《と》かしてみせ、また違《ちが》う生徒は室内の温度を上昇させた。すべて、歌うことで引き起こされた奇跡。

擬似《ぎじ》太陽を作り出した生徒を見て、イヴリーンは呻《うめ》いた。

（目立ちすぎちゃいけないって、今さらだけどキツイ制約だわ）

優秀すぎても、落ちこぼれの汚名《おめい》を着てもいけないなんて実に面倒だ。

あれこれ考えているうちに、イヴリーンの番がやってきた。なぜか耳栓《みみせん》をつけはじめる生徒が幾人《いくにん》かいたが、気にせず部屋の中央まで進み、深呼吸をする。

「——燃ゆる裾野《すその》　降り立つあなた」

ただたんに歌うだけでは、〈楽術〉は操れない。自分がどうしたいのか、なにをしたいのか、確固《かっこ》たる形象《けいしょう》を抱《いだ》かなければならない。まず、脳裏《のうり》に描《えが》いたのは雄々《おお》しく広げられた翼《つばさ》。それは赤々と燃え、見る者に吉兆《きっちょう》を予感させるに違《ちが》いない。

一時限目の聖歌は口パクですませていたが、いざ歌い出すと雑念《ざつねん》が消えていく。腹腔《ふくこう》に取りこんだ息を吐《は》き出し、高く伸《の》びやかな声を意識して発した。

「——燃ゆる雙翼《そうよく》　慈《いつく》しみのこ……」

「あんっ。やめて、やめてちょうだい！」

へ？　突如《とつじょ》上げられた制止に、イヴリーンはきょとんとする。

女教師はお尻《しり》を振りながら、つかつかと近づいてきた。

「あなぁた……噂《うわさ》のイヴリーン、シラクちゃんね～？　試験では印象づけるための表現法だったのでしょうけどぉ、今はそんなことをしなくていいのよぉ！　真面目《まじめ》にやらないと、出入り禁止にするわよ～」

「あの、充分真面目に歌っているのですが」

「それで⁉　真面目っ？　あなた……真面目の言葉を履《は》き違えているわぁ。真面目に歌って、どうしてあんな調子はずれな音が出るのよぉ！」

調子はずれなってどういう意味だ。

思わず眉《まゆ》をひそめたが、女教師は気づかなかったらしい。ただ気鬱《きうつ》そうに首を振る。

「ふぅ、あなたはもう歌わなくていいわぁ。戻ってちょうだい！　これ以上聴《き》いていたら、あたくしの脳細胞が死んでしまいそう。次の人、どうぞ〜」

その指示に、隣にいた男子生徒が進み出てきた。そうなると、大人しく従うしかない。

壁際《かべぎわ》に戻る最中、沸《わ》いた笑声が背中を追ってくる。嘲笑《ちょうしょう》だ。爪《つめ》が掌《てのひら》に食いこんだ。

（なんなの……ヤブ教師の分際で、このわたくしに歌うなと言うなんて！）

こんな侮辱《ぶじょく》を受けたのは、生まれて初めてだ。歯を食いしばって嵐《あらし》が過ぎるのを待つ。

女教師の解散の合図《あいず》に〈白羊級《ベリエ》〉の教室に行こうとしたが、進行方向に邪魔《じゃま》が入った。

凛《りん》とした鋭《するど》い香りが鼻先をかすめていく。うつむいた視界に、さっとマントが広がった。

騎士服《きしふく》とは少し違う、乗馬服に似た制服は男子生徒のモノだ。両前の薄青《うすあお》いジャケットは詰襟《つめえり》で、白いズボンに黒革のブーツを履いている。腕章《わんしょう》に入った絵柄《えがら》は牡羊。

同級生？　視線を上げると、あの黒瑪瑙《オニキス》の隻眼とかち合った。

挨拶《あいさつ》の時、睨《にら》みつけてきた男子生徒だ。

イヴリーンより幾分《いくぶん》か小柄《こがら》なのに、見下ろされている気分を味わう。

「……どいて、いただけますか」

不快感《ふかいかん》を抑《おさ》えこんで言うと、相手は銀灰色の短髪を揺《ゆ》らして眉をひそめた。

耳によくなじむ、気持ち高めだが澄《す》んだ声だ。

「断る」

「どうして――」

「僕が、お前を気に喰《く》わないからだ。わからないか？　……イヴリーン・シラク、お前の存在そのものが不愉快《ふゆかい》なんだ」

必死に平静を装《よそお》うが、自分でも表情が険《けわ》しくなっていくのがわかった。

不愉快はこっちのセリフだと、普段なら言い返すところである。

しかし、先ほどと同様に耐《た》えた。今、一生分の忍耐力《にんたいりょく》を使い果たしているかもしれない。

「今は重要な時期なんだ。お前のような不真面目な人間がいると、生徒の士気《しき》が下がる」

「不真面目だなんて、そんな。わたしは真面目に」

「どれほどちやほやされてきたのか知らないが、僕がはっきりと言ってやろう」

少年は一呼吸置くと、口の端《はし》を吊《つ》り上げた。

「……下手《へた》くそなんだよ。お前のような音痴が、どうして合格できたのか理解に苦しむ」

「へたくそ?」

思いもよらない発言に虚《きょ》を衝《つ》かれる。苛立《いらだ》ちも霧散《むさん》していった。

理解できない。けれど、遠巻きにして残っていた生徒たちが「あーあ」と囁く。

「おいおい。オリヴィエ、なにもそこまではっきり言ってやらなくてもさぁ」

「でも事実だよね。音痴でも、〈楽師《カンタンテ》〉の卵になれるってビックリみたいな」

「ていうか、あんな音痴で封《ふう》じられる魔物《まもの》なんているわけ? 封じられるとしても、それって魔物も聞き苦しい歌ってことじゃ……ある意味、音痴に夢を与えているけど」

「……へた……くそ」

呆然《ぼうぜん》と呟《つぶや》く。

(この子たち、耳がおかしいの?)

確かに、ひばりはムジカ石の光を調整した。しかし、歌声には一切関与していない。

〈楽師〉の才能は魂に宿《やど》るのだ。たとえ精霊《せいれい》であっても、どうこうできるわけがない。

「へたくそ……へたくそだなんて、どなたに言っているのですか?」

拙《つたな》く言い募《つの》れば、全員が顔を見合わせた。その中で代表して、少年が鼻を鳴らす。

腹立たしいことに、嫌味《いやみ》なほど様《さま》になっていた。

「お前のことに決まっている、イヴリーン・シラク。一流の〈楽師〉になるため切磋琢磨《せっさたくま》しているところに、お前のような音痴がいるのは耳障《みみざわ》りだ」

「まさか、わたし……？」

「さっきからそうだと言っているじゃないか、お前の耳は腐《くさ》っているのか。どうりで、恥《は》ずかしげもなくあんな歌を披露《ひろう》できるわけだ」

蔑《さげす》む眼差《まなざ》しを受けた瞬間、脳内からソンジャンテの底知れない笑顔が掻《か》き消えた。

今度こそイヴリーンの自制心が吹っ飛び、だんっ！　と足を踏《ふ》み鳴らす。

「このわたし――わたくしに向かって、おまえはへたくそと言ったの？　へたくそは、おまえの方よ！　たかが半人前が、わたくしの歌を評価すること自体、おこがましいっ。よくもそんな大法螺《おおぼら》を吹けたものだわ、身のほどを知るがいい！」

声を荒らげると、気の毒そうに見ていた生徒たちの顔色が一気に敵意に染《そ》まる。

少年は頭が痛そうにこめかみを揉《も》む。

「この楽院は貴賤《きせん》問わず、すべてに平等だ。お前が、外でどんな地位についていようと関係ない。身の程を弁《わきま》えるのは、お前の方だ。貴族の物見遊山《ものみゆさん》なら、とっとと退楽《たいがく》しろ」

「なんですって!?　このっ」

胸倉《むなぐら》を摑《つか》んでやろうと詰《つ》め寄ったが、運悪く教官たちがやって来てしまった。

なかなか終礼に戻ってこない生徒に痺《しび》れを切らしたのだ。ここは引き下がるしかない。

しかし教室に戻り、終礼が終わっても、イヴリーンの興奮《こうふん》は冷めやらなかった。

寄宿舎《きしゅくしゃ》の部屋で、イヴリーンは怒《いか》り狂《くる》っていた。

豪快《ごうかい》に引きちぎった枕《まくら》を壁に叩きつけ、地団駄《じだんだ》を踏む。

「なんなの⁉　どういうことなの！　音痴だなんて、へたくそだなんて——生まれてこの方、一度も言われたことのない単語だわ！　あの野郎《やろう》、ぶちのめすっ」

「…………わー、初日でこれとか。ある意味、予想通りの展開だなこれ……」

被害に遭《あ》わないよう、離れた場所で飛んでいるひばりがチルチルと悲しげに鳴く。

「どうでもいいことだけど、言葉が乱《みだ》れているよー」

「言葉⁉　今、それがハトのフンほどにも役に立って⁉　耐《た》えるんじゃなかった、耐えるんじゃなかった！　一分早くブチ切れていたら、あの野郎の横っ面《つら》に拳《こぶし》を叩きこめたのに！　おきれいな顔をぼっこぼこにできたら、さぞかし気分がよかったはずなのに！」

「いやいや、苦労して矯正したの忘れたわけー？　きみが引き取られたのは六歳だったけど、まー汚い言葉が飛び交っていたからねー。刷《す》りこみってこわいね、マジこわいよー。あの時代に巻き戻ったら、きみの大切な国王さまもがっかりするんじゃなーい？」

軽い物言いだが、暴走を食い止めるには充分だった。深呼吸を繰《く》り返して頷く。

「そ、そうね。陛下《へいか》を悲しませるわけにはいかないわ。…………でもっやっぱりっ耐えられないぃぃい！　公衆の面前で、あんな辱《はずかし》めを受けるだなんてぇ……わたくしの才能を妬《ねた》んでいるにしたってひどすぎてよっ」

「あー、それね……音痴ね、音痴。あー……なんて言えばいいのかなー」

「まさか……おまえ、隠していることがあるの？　ぺろっとげろっと吐き出しなさいっ、さあ！　鳥なんだから反芻《はんすう》は得意でしょ！」

「ぐうぇっ」

イヴリーンはスツールを土台に跳躍《ちょうやく》し、見事捕獲《ほかく》したひばりの首を適度に絞《し》めた。

「う、うー！　だから苦しい、んだって！　死んだら呪《のろ》うぞー！　精霊さまの呪いはこわいぞー！　おれをイジメたら祟《たた》られるぞー！」

「笑えない冗談《じょうだん》だけど、素直に話せば解放してやるわ。ほら、早く言いなさい。その羽をむしって枕にされたいの？」

「ぐぐぐ……言わなかったけどー、あの一件以来、歌う時の声が衰《おとろ》えたんだよー」

嘘《うそ》をついているとは思えない声色《こわいろ》に、両手だけでなく全身から力が抜ける。

へたりこむイヴリーンの目の前に降り立つと、憐《あわ》れむように言った。

「有《あ》り体《てい》に言えば、そう。音痴ってことだねー。きみはいつも通り歌っているつもりでいたけど、ご自慢《じまん》の音感はめちゃくちゃ！　自分の声だけ正常に認識《にんしき》できないみたいだよ」

「……だから……おまえ、わたくしに歌えとねだらなくなったのね」

突きつけられた現実は、あれやこれやと腑《ふ》に落ちることばかりだ。

一度意識してみれば、当たり前だったものがなくなっていた。太陽の讃歌《さんか》も、風の笑い声も、星々の子守唄も、いくら耳を澄ましたってなにも聴こえない。

あれほど音で満ち溢れていた世界が静かだ。

（必要な時以外、世界の音に耳をかたむけなくなっていたから……）

世界の音とは、人間でたとえれば心の声のようなもの。そんなものを常に意識できるわけがない。

だからといって、今まで気づかないなんて！　愕然《がくぜん》とする。

音は――歌は、イヴリーンのすべてだ。

民衆の期待通りに歌えなければ、本当にただの『観賞用の陶磁人形《ビスクドール》』でしかない。

心にぽっかりと空《あ》いた穴を埋《う》めるように、震《ふる》える手を胸元に添《そ》えた。

行き当たった硬質《こうしつ》な感触《かんしょく》に、少し落ち着く。

（じゃあ、あの生徒たちの思い上がった評価の方が正当だったってこと？）

この場合、思い上がっていたのはイヴリーンか。だが、誰が歌声が衰えたなどと想像する？

「わたくし、の体は……喉《のど》は、どうなってしまったの？〈楽術《ネウマ》〉は操れるのに！」

「それは、おれもびっくりしたね。光を調整していなかったら、きみは試験でムジカ石を四色に光らせていたよー。もちろん、完全別色のね！」

「それじゃあ、どうしてっ!?」

たまらず叫《さけ》べば、じっと見つめてくるひばりに気づく。

探《さぐ》るような眼差しは、例の特異な魔物を想起させる。

そうだ、心当たりがあるとすれば——滑《なめ》らかな喉元をさすり、ハッとした。

（そういえば、わたくし、しゃべれないはずの魔物の問いに答えてしまったわ！）

精霊が魔物化したとばかり思っていたが、なにからなにまで普通ではなかった。

音の歌——そう答えると魔物が吼《ほ》えるように笑い、この喉元に口づけた。

その瞬間確かに、なにかが壊《こわ》れていく音を耳にしていた。そこから導《みちび》き出される答えとは。

「じ、自業自得《じごうじとく》なんてしゃれにならないじゃない……！　なんてことなの、うっかりラー・シャイの問いかけに答えた対価が音痴……!?　ラー・シャイの分際で、わたくしの類稀《たぐいまれ》なる美声を奪《うば》うなんて図々《ずうずう》しくてよ。だれの許可を得たというの、極刑《きょっけい》よ極刑！」

「それ、うっかりどころじゃないよー。あと、心の声のつもりかもしれないけど、普通に口に出しちゃってるからねー？　……ふうん、代償《だいしょう》として奪われたってわけか」

真性の音好きであるひばりのことだ。もっと騒ぎ立てるかと思えば、反応が薄い。

（おかしいわ、まるで半《なか》ば予期していたみたいな口ぶりじゃない）

しかし冷静なひばりを見ていると、興奮していたイヴリーンもつられて落ち着いてきた。

プティ・エトワールの地位に執着《しゅうちゃく》はない、それは紛《まぎ》れもない本心だ。

王太子《おうたいし》の婚約者の座だって、どこかの令嬢《れいじょう》にくれてやってもいい。

しかし、誰よりも美しく響《ひび》かせられる声だけは譲《ゆず》れない。

この歌声があったから、どんなことにも耐え、反骨精神《はんこつせいしん》で生きてこられた。

貧民街の汚い罵声《ばせい》も、実の両親の所業《しょぎょう》も、生まれが卑《いや》しいと見下げる輩《やから》の視線も。

自分の意思で棄《す》てたならまだしも、魔物に奪われたなんて我慢《がまん》ならない。

（なにより、陛下に幻滅《げんめつ》されたくない。陛下が知ったらなんて……）

〈楽師《カンタンテ》〉としての力は衰えていないようだが、へたくそだと罵《ののし》られるとわかっている歌は披露できない。一人の歌い手として、自尊心《じそんしん》が許さない。

そうだ。嘆《なげ》いたところで、なにも変わりはしない。ならば、すべきことは一つだけ。

「……歌声を、取り戻さなくてはならないわ」

ひばりを見据《みす》えれば、意外そうにまばたいている。

「同一個体のラー・シャイと、もう一度遭遇《そうぐう》できる確率はいかほどだと思う？」

「……ほぼ、絶望的じゃない？　でも、さ！　ほら、プティ・エトワールを降ろされたって、〈楽師〉としてのセンスが特出しているのは間違いないんだし」

少し口早に、ひばりは事実だけを述《の》べる。

安っぽい慰《なぐさ》めを並べられたら腹立たしいだけだったろう。イヴリーンは苦笑する。

「でも、用済みと見なされるでしょうね。貴族の子女《しじょ》でないわたくしに、汚名を晴らす機会は永遠にめぐってこない。身に覚えのない罪状《ざいじょう》で獄中死《ごくちゅうし》なんて笑えなくてよ」

用済みと言えば、このひばりとてそうだ。

基本的に、精霊はヒトという種族を下に見ている。精霊と比べたら遙《はる》かに若い種だからだろう。それでも、彼らは〈楽師《カンタンテ》〉の才能だけは衒《てら》うことなく愛《め》でる。

(こいつも、わたくしから離れていくのかしら)

イヴリーンの歌声に惚《ほ》れこんだから、文句《もんく》を言いながらそばでさえずっていたのだ。

それが失われた今、ひばりが協力する理由はない。

「仮にそうなっても、大衆が黙《だま》っていやしないよ。どういうことだって大神殿や王宮に詰めかけるはずさ。国民は、猫をかぶったプティ・エトワールしか知らないんだしぃ」

「そう、そうね……〈楽術《ネウマ》〉は操れるのだから、音痴だって自分で直せるに違いないわ。そうしたら、ラー・シャイを探さずにすむものね」

「音痴を直す？　……ぷぷっ」

すかさず気道を狭《せば》めてやろうと手を伸ばせば、さっと避《よ》けられた。

「とにかく！　明日から音を勉強し直すわ。今までこういう風に歌いたいと願えば、自分の思い通りに歌えたの。歌いたければ気負うことなく、ただ口を開けばよかった……それだけで、わたくしの求める音は手にできた」

「ま、否定《ひてい》はしないかなー。……にしても――きみ、絶望しないんだ」

「絶望？　する必要がどこにあるというの？　思えば、記号は記号でしかなかった。知識だけで、実践《じっせん》したことはなかったのよ！　わたくしが知っているのは〈楽術〉であって、音楽ではなかった。だから学べば、きっと音痴は直るわ。そうでしょう？　それに……」

そこでいったん言葉を区切り、キッとまなじりを決した。

実技棟での出来事を思い出せば、よりいっそう活力が漲《みなぎ》ってくる。

「あそこまでバカにされて——それも歌のことで——引き下がったら、わたくしの名が泣くというものよ！　なんとしてでも鼻をあかしてやる。あいつの吠《ほ》え面《づら》を拝《おが》み、跪《ひざまず》かせるまで、わたくしは諦めないわ。ええ、諦めるものですかっ絶対に！」

「おれがあーんな暑いだけで退屈《たいくつ》なオアシスから出てきて、やっと見つけた原石なんだから、まぁ足掻《あが》いてもらわないと困《こま》るよねー！　その迂闊《うかつ》さは世界的損害、私刑相当の罪深い所業だけどぉ！　ところで、筋金入りの負けん気の強さはわかったけど、勝算はあるわけー？」

「わたくしのような野生児よりカタツムリに芸を教えこむ方が簡単だとのたまった、あのいけすかない行儀見習いの講師を跪かせたのはだれだと思っているの。この、わたくし。〈渓星《けいせい》〉の二つ名を戴《いただ》く歌姫たるわたくしに、不可能なんてないわ！」

歌で努力したことはなかったが、それ以外では苦労の連続だった。

だからこそ、己《おのれ》の美しさが誇《ほこ》らしい。それらはたゆまぬ努力の末に手に入れたものだからだ。

（そうよ、音痴だって直せる。わたくしなら！）

方針が決まれば邁進《まいしん》していくのみ。イヴリーンはふんぞり返り、高笑いする。

「今に見てなさい！　あの野郎がひれ伏《ふ》す姿を拝ませてあげる、おーっほほほほ！」

「……ホント、きみの心臓、どうなってるわけ？　毛でも生《は》えてるの？　なんかおれ、気《き》遣《づか》ったのがバカらしい気分だよー。ていうか、もはや猫をかぶる気もないよねきみ？」

呆《あき》れたように鳴くひばりが、いずこかに旅立つ気配はない。

わずかな安堵《あんど》を滲ませた吐息《といき》をついてから、明日の準備をするために動き出した。

第2楽章♪恋と戦争において、すべてが正義。

それは十年も前の話、からりとした陽気の夏のある日。

「はやく！　はやく走らないと乗り遅《おく》れちゃうぞ！」

笑う兄弟《きょうだい》に手を引かれ、少年は刺繡花壇《ししゅうかだん》の間を駆《か》け抜ける。

向かう先は大理石《だいりせき》でできた離宮《りきゅう》、大アトリノン。

ある人物を出迎《でむか》えるため、父王は本殿《ほんでん》から移動していた。

数日前のことだ。恒例《こうれい》の宮廷演劇《バレ・ド・クール》が催《もよお》された際、一人の〈吟遊詩人《トルバドゥール》〉が譚歌《バラード》を献上《けんじょう》した。

「――幼子《おさなご》よ　黄金の翼《つばさ》を生《は》やして
　幼子よ　星のきらめき抱いて

幼子よ　汝《なんじ》は御使《みつか》いのごとく
幼子よ　すべてを癒《い》やし赦《ゆる》し謳《うた》ふ」

頬《ほお》を紅潮《こうちょう》させ、〈吟遊詩人《トルバドウール》〉は熱心に歌い上げる。各地の様子を事務的に報告することの多い〈吟遊詩人〉の中で、彼は冷めやらぬ興奮《こうふん》に酔《よ》いしれていた。

その詩にいたく関心を示した国王は、国境沿いのさびれた町で歌う少女のことを知る。

そうして今日、離宮にある玉座《ぎょくざ》の間で、少女と謁見《えっけん》できるように段取りを整《ととの》えたのだ。

遊び盛りの少年たちは数多くの抜け道を知っている。

離宮に辿《たど》り着いた二人は誰にも見つかることなく、衝立《ついたて》の後ろから謁見の様子を窺《うかが》う。

細長い玉座の間の、畏《かしこ》まった最奥部《さいおうぶ》。

鮮《あざ》やかな葡萄色《ぶどういろ》の絨毯《じゅうたん》が敷《し》かれた高台に並ぶ二脚には、国王夫妻が座っていた。

その両親と向かい合って、宰相《さいしょう》に付き添われた少女が立っている。

宰相の陰《かげ》になっているため、面立《おもだ》ちはよく確認できない。それでも頭にスカーフを巻いた小鳥を乗せ、背中から流す豊かな髪が淡《あわ》い金糸《きんし》であることはわかる。

王族以外だと濃《こ》い髪色が多いイリス人にしては珍《めずら》しい。

体格のいい国王は窮屈《きゅうくつ》そうに腰かけたまま、宰相に穏《おだ》やかな緑眼《りょくがん》を向けた。

「宰相よ。その娘が、例の歌い手なのか」

「左様です、陛下《へいか》。この通り、ムジカ石によって見事な髪色に変わりました。それも、別色で三色も光らせて」

「まことか⁉」

国王は身を乗り出し、少年たちも息を呑《の》んだ。

初めてムジカ石に触《ふ》れて、そんな奇跡を起こす〈楽師《カンタンテ》〉は類《るい》を見ない。

「私も宮廷に上がった時分以来の感動を覚えました。あのような壮観な光景は、そうそうお目にかかれないことでしょう。……陛下のご期待に添《そ》えるはずです」

「そうかそうか。……娘よ、近《ちこ》う寄れ」

優しく促《うなが》されても、少女はじっとして動かない。

宰相に背中を押されて、やっと進み出た。

少年より年下だろう。雰囲気《ふんいき》は荒《すさ》んでいるが、ヘーゼルの瞳《ひとみ》だけは特別だった。

「余《よ》はフレデリック・ル・イリス、この豊穣《ほうじょう》に恵まれし大地を任《まか》された王である。そなた、名をなんと申す？」

国王を仰《あお》いだ少女の目は生きている。少年は、その鮮烈《せんれつ》さに心を奪《うば》われた。

少女が発した金糸雀《カナリア》がさえずるような声も、耳に届かない。

今まで顔を合わせたことのある貴族の子女《しじょ》は、みんな人形のようだった。

けれど、少女は違う。その目が雄弁《ゆうべん》に物語る――こんなところにはいたくない、と。

「——面白《おもしろ》い話を小耳に挟《はさ》んだんですが、隊長もすでにご存知ですかねぇ?」

友人の声で追想《ついそう》から青年は覚《さ》めた。

「……今は休憩《きゅうけい》時間だ。その薄気味《うすきみ》悪いしゃべり方はよせ」

王宮にある、練兵場の片隅《かたすみ》。青年は手拭《てぬぐ》いで汗をぬぐい、顔をしかめる。

それを受けて、士官学校時代からの友人である腹心が笑う。

「おーおー、今日も機嫌が悪いねぇ。そんな無愛想《ぶあいそう》じゃ男前が台無《だいな》しだぜ、兄弟?」

「この顔は生まれつきだ。……それで、面白い話とはなんだ」

「俺の妹が聖フィデール楽院《がくいん》に通《かよ》ってるって知ってるよな? なんでも、葡萄月《ヴァンデミエール》にとんでもねぇ音痴《おんち》が入楽《にゅうがく》したみたいでな。しかも飛び級しまくって、妹と同じ高等部二年!」

「つい先日ではないか。だが……高等部二年? 音痴が、か?」

音痴はもとより、そこまで飛び級した例など聞いたことがなかった。

「知らなかったのか? 最近、暇《ひま》なド腐《ぐさ》れ貴族共の間で持ちきりの話題だぜ? ……なあ、ヴァラン。お前、少し休んだ方がいいんじゃねぇか? 麗《うるわ》しのプティ・エトワール様の件を気にしているのはわかる。でもよ、あのお方が——」

「黙《だま》れ」

抜刀《ばっとう》し、その切っ先を腹心の首筋に添える。睨《にら》みつける青年に、友人は息を呑む。

「箝口令《かんこうれい》を忘れたのか。それ以上口を開けば、近衛隊《このえたい》の副隊長といえど拘束《こうそく》する」

殺気を発散させてから、青年は我《われ》に返る。遠巻きにしていた部下たちの凍《こお》りついた視線に、ここが練兵場だと思い出した。鎧《よろい》をかち鳴らして踵《きびす》を返す。

「ヴァラン……！」

案じる呼び声から逃《のが》れるように、青年は近くの雑木林《ぞうきばやし》に飛びこむ。

(私はおかしい)

プティ・エトワール──その尊称《そんしょう》を聞くだけで、青年は冷静でいられなくなった。

行方《ゆくえ》をくらます原因となった事件は、国王によって箝口令が敷かれている。

しかしラー・シャイの魔物《まもの》の出現は秘されても、彼女は良くも悪くも目立つ存在だった。職務を放棄《ほうき》していることで、様々な憶測《おくそく》が飛び交っている。

一部の反プティ・エトワール派が動いている、というまことしやかな噂《うわさ》まで流れていた。

彼女を追い出すつもりはなかった。なのに、考えるより先に体が動いてしまうのだ。

しかも、友人にまで矛先《ほこさき》を向けるとは！　今の自分はどうかしている。

打ちひしがれる青年の、その影。

おぼろげな人の形を模《かたど》っていた黒影が蠢《うごめ》き──影が、身を起こした。

『手ニ入レタイノデアロウ』

青年の背後にたたずむ影は、耳元でそっと囁《ささや》いた。びくっと肩が揺《ゆ》れる。

『ナニユエ、己《おのれ》ハ手ニデキヌノカト考エテオッタノデアロウ』

奇妙にこもって響く、ざらついた低声。陰鬱《いんうつ》とした魔性《ましょう》は隠《かく》しようもない。

青年は再び腰に手をかける。〈祝福《フェリシテ》〉を授《さず》けられた長剣に斬《き》れないモノはない。

けれど、いくら斬っても消滅《しょうめつ》しない。まるで、人の心の闇《やみ》のように。

『刻限マデ、アト二年――成人シテカラデハ、全テガ遅シ』

「黙れッ!」

迫《せま》りくる影に、顔色を失った青年は肩で息を吸う。

剣は構《かま》えたままでも、柄《つか》を握る手は震えていた。

そうだ、あと二年。彼女が成人したら、兄と婚儀を挙《あ》げる。二人に恋愛感情はないと、
ずっと見てきた青年は知っている。だから耐《た》えられると思った、けれど。

兄は婚約者の一大事だというのに、一家全員で近々開かれる、三年に一度の大競演会《グラン・コンクール》に
参加すると言って譲《ゆず》らない。なぜ、兄なのだろう。兄でなければならない、理由は?

『手ニ入レタクバ、邪魔者《じゃまもの》ハ踏《ふ》ミ潰《つぶ》シテシマエ。虫ケラヲ全テ薙《な》ギ払《はら》エ。サスレバ、手ニ
デキル。汝ダケノモノ。吾《あ》ガタメノミニ歌ウ、人形トナル……』

まばたきすら忘れた青年に、影から伸びてきた黒い靄《もや》が触れる。刹那《せつな》、体の震えはおさ

まった。かわりに鮮やかな青色の双眸《そうぼう》から光が失われ、膝《ひざ》から崩《くず》れ落ちる。
影は横たわる青年を見下ろし、吼《ほ》えるように嗤《わら》った。
『聖フィデール……ナルホド、人トハ小賢《こざか》シイ。少々探《さぐ》リヲ入レヨウカ』

葡萄月《くがつ》になると日の出が遅くなるため、朝でも辺りはまだほんのりと薄暗《うすぐら》い。
初日は最後の最後で失態を演じてしまったが、イヴリーンは翌日も普通に登校した。
初等部や中等部に比《くら》べれば、寄宿舎《きしゆくしや》から楽舎《がくしや》までの距離は短い。
さほど足をくたびれさせることなく、〈白羊級《ベリエ》〉の教室に到着したのだが——
（……だれかが扉《とびら》に張りついているわね）
眼鏡《めがね》の鼻梁《びりよう》を押し上げ、目を疑《うたが》った。後ろ姿は不審《ふしん》きわまりなく、そわそわしている。
怪《あや》しかろうが近づいていくと、正体は隣席《りんせき》のミレイユ・マルソーだとわかった。
（なんでしゃがみこんでいるわけ？　呼吸も荒いし、病気？）
しかもよく聞き取れないが、ぶつぶつと何事かを呟《つぶや》いている。
話しかけたくないけれど、どいてもらわないと教室に入れない。
「マルソーさん、おはようございます。入ってもよろしいでしょうか」

「えっ！　……ぎゃんっ、痛い！」

猫をかぶって声をかければ、慌《あわ》てて立ち上がったミレイユはつるっと足を滑《すべ》らせた。

後頭部を打ちつけて悶《もだ》える彼女をしばらく眺《なが》めてから、邪魔なので強引《ごういん》に立たせる。

ぽかんとする彼女の横を通り過ぎ、扉を横に滑らせるようにして開けた。

誰も来ていないと思ったが、窓際の席に人影を見つける。あのいけすかない少年だ。

相手も入室したイヴリーンに気づいたようで、これみよがしに顔をしかめてくれた。

「まだ退楽《たいがく》していなかったのか」

読んでいた本を閉じ、鼻を鳴らす。

それを見て、こめかみがカッチーンと気持ちのいい音を鳴らした。

ひばりがいたら「口調、口調！」と騒《さわ》ぐだろうが、寄宿舎の部屋にいるはずだ。通楽《つうがく》
鞄《かばん》を席に叩《たた》きつけて微笑《ほほえ》む。

「ごめんなさいね？　あまりに小さすぎて、視界に入らなかったの。わたくしの顔を見たくなければ、おまえが退楽するとよろしいわ。そうしなさいよ、お、チ、ビ、さ、ん？」

本当はそばで見下ろしてやりたかったが、相手のこめかみもぷっつんときたらしい。

それはそれは険悪な目つきになったが、イヴリーンは痛快だった。

そっぽを向いて、鞄から取り出した教本や帳面《ちょうめん》を机の中にしまっていく。

無言の圧力をすべて無視しているうちに、他の同級生も続々と登校してくる。

しかし、周囲の反応が昨日《きのう》と違《ちが》う気がした。心なしか空気が冷え冷えとしているような？

正確には少年に啖呵《たんか》を切ったあとから、関わられても面倒だし）

（逆によかったわ、関わられても面倒だし）

どうせ王宮の問題が片づくまで――いや、音痴を直すまでの付き合いである。

今日から音楽の勉強をし直すというのに、構われたら逆に迷惑《めいわく》だ。

周囲の注目を心地よく浴びながら、朝礼がはじまる時間を待つことにした。


昨日の出来事が尾を引いているのか、〈白羊級《ベリエ》〉を受け持つゴメス以外の教師はイヴリーンに歌わせようとはしなかった。イヴリーンの番になっても、すっ飛ばしてしまうのだ。

一人の教師は「うう、葡萄月《ヴァンデミエール》の悪夢が……貴女《あなた》の歌を聴いていると、自分の音感まで死に絶《た》えそうです……もうすでに狂《くる》い、今日も悪夢がー！」と喚《わめ》いていた。

なんて失礼なヤツだ。ただ昨日と違い、自覚しているので鷹揚《おうよう》に振る舞える。

二日目の授業も無事終わり、イヴリーンは予定通り図書館を訪《おとず》れた。

高等部の隣《となり》の区画まるごと図書館なので、蔵書の数も半端《はんぱ》ではない。

適当に本を見繕《みつくろ》い、ひと気のない席を陣取《じんど》る。日当たりがいい、絶好の場所だ。

「あの子たちが思い上がった態度を取っていられるのも今のうちだもの。少しくらい夢を見せてあげたって罰《ばち》は当たらないわ」

なんと寛大《かんだい》なことか。イヴリーンは独《ひと》りごちり、喉《のど》の奥で笑う。

(音痴が直った暁《あかつき》には、自ら跪《ひざまず》きたくなること請《う》け合《あ》いよ)

悦《えっ》に浸《ひた》っていると、開放された窓から見慣れたひばりが進入してきた。

「きみ、二日目で化け猫を引っぺがすって早すぎるよー。ホントに味方を敵に変えるなんて、全方位敵製造機だね。よ、高慢《こうまん》ちき！」

第一声から嫌味《いやみ》とはさすがである。

ぴーちくぱーちくとさえずる口ばしを強制的に閉じさせ、イヴリーンは微笑んだ。

「枕《まくら》が破れて困っていたの。おまえのふかふかの羽毛で、新しいのを作ろうかしら？」

「邪悪《じゃあく》すぎて、おれは言葉もないね」

他愛ない拘束から逃れたひばりは、疲《つか》れたようにぼやく。

(……どうして、私のところに来たのかしら)

部屋に戻っても、もういないかもしれないと思っていたひばりは、相変わらずそばを飛び回っている。人の気も知らないで、のんきに。

口を開きかけ、すぐに閉じる。死んだって言いたくないと、違う言葉を舌に乗せた。

「今、楽譜《がくふ》を読んでいるの。こうして見ると、今まで自分の歌いやすいように編曲していたことがわかって面白いわ。この譜面通りに歌うと、別物になりそうよ」

「きみ、詩を一読しただけで自由に歌っていたからねー」

「ええ。まずは、楽器で音階を覚える必要があるわ……音感を鍛《きた》え直さないと」

楽譜と睨めっこしながら答えれば、ひばりはなぜか笑った。

そのあたたかな眼差《まなざ》しはなにかを思い起こさせたが……居心地《いごこち》が悪い。

「……なによ？」

「べっつにー。にしても、なんのために音感だけ奪ったのかねー。力ごと取り上げた方が、魔物にとったら都合がいいだろうに」

ひばりがもっともな疑問を口にする。

確かに、その行動は得心がいかないことばかりだ。あのとき魔物にいろいろと話しかけられたが、こもって響《ひび》いていたため、こうも日数が経《た》ってしまうとよく思い出せない。

（ラー・シャイらしく、絶望にこだわっていたのは覚えているんだけど……）

楽譜から意識を引き剝《は》がして考えこんでいると、ひばりもうんうんと唸《うな》る。

「あの日の音はおかしかったし、他にも……あー、魔物の思考なんてさっぱりだ！」

「……そうね」

かすかに笑い、目を伏《ふ》せる。あの日のラー・シャイの魔物は、本当に特別だった。

いつもなら伝わってくる想いが、一片も理解できなかったのだから。

（ラー・シャイのこと、わたくしはきらいではないのだけれど）

人に言えば反感を買うとわかっているので、一度も言ったことはない。

それでも、魔物のことはきらいではなかったのだ。だって彼らは――――

「まぁ魔物のことはどうでもいいやー。音階を覚えるなら、打楽器でも借りた方がいいんじゃないのー。きみ、寮《りょう》に置いてきた鈴《すず》しか持ってないでしょ」

「やっぱり、そうするしかないわよね。借りるとしたら、早く職員室で申請《しんせい》しなきゃ」

最近のひばりは真っ当なことばかり言うから調子が狂う。

毒気を抜かれながら席を立ち、受付にあった貸し出し表に書きこみに行く。

残すは、職員室の関門だけ。こうして、イヴリーンの図書館通いがはじまった。

目立ったつもりはないのだが、日が経つにつれて視線も倍増している気がした。

あのいけすかない少年の眼差しも、よりいっそう刺々《とげとげ》しい。

普通の神経をしていたら、ここまでの敵意にさらされれば自主退楽、よくて不登校を選んだかもしれない。しかし、イヴリーンの心臓は超合金だった。

(わたくしの失脚を虎視眈々《こしたんたん》と狙《ねら》っていた陰険《いんけん》貴族に比べたら、かわいらしいものだわ)

獅子《しし》が猫になってじゃれついている、その程度の認識《にんしき》である。

その中で唯一《ゆいいつ》、ミレイユだけが普通に接してきた。ただし、かなり逃げ腰で。

「あ、あのっ！　シ、シラクさん、って、鳥を飼《か》ってるって聞いたけど、種類はなに？」

休み時間、ミレイユはそんなことを訊《たず》ねてきた。頬は真っ赤で、今にも倒れそうだ。

いつもそんな調子なので気にせず、イヴリーンは次の授業の教本を出しながら答える。

「ひばりですが、それが？」

「ひばりってすごくか、かかかわいいよね！　鳴き声を擬音《ぎおん》で表すのは、ちょっと難しいけど……あ！　あ、あたしもね、ふくろう飼ってるの！　すごく小さくて、毛がふさふさしているのっ。よく、お母さんの手紙を届けてくれる賢《かしこ》い子なんだ！　く、首が回ってね、今にもねじ切れそうなのが面白いの！　こう、ぽろんって」

「……ねじ切れる……ぽろん……」

危うく想像しかけ、頬が引きつるのを感じた。

ミレイユは愛くるしい風貌《ふうぼう》に反し、なかなかにえげつないことをよく言う。

「そ、それで、その……っ！　こ、この間、あ、あたし……あたしをお、起こして……」

「やべ！　マルソー、よけろっ」

「へっ……ひぎゃん！　……う、うう……ひたい……」

しくしくと泣き出したミレイユの頭には本が載《の》っている。

そばの通路を通っていた男子生徒が落としたのだ。

（あんなに高く積み上げて運んでいたら、そりゃ落とすでしょうよ）

ミレイユが一日数度、不運に見舞われるのはいつものことだった。

なにか言いかけていたようだったけれど、予鈴《よれい》が鳴ってしまう。

聞き返すのはやめて、イヴリーンは次の授業に意識を移すことにした。

その日は六時限目まであり、終礼と同時に教室を飛び出す。

行き先は図書館。昨日借りた本は読み終え、感銘《かんめい》を受けた部分を帳面に書き写した。司書に参考になりそうな書物を薦《すす》めてもらい、さらに選別するためにあの特等席へと向かう。抱《かか》えていた書物と通楽鞄をいったん置いて、再び探しに行く。

聖歌の解釈本と音痴矯正本《きょうせいぼん》を見つけ、席に戻り――唖然《あぜん》とした。

「イヴリーン・シラク!?」

引っくり返った声を上げたのは、最初にケンカを売ってきたあの黒瑪瑙《オニキス》の隻眼《せきがん》の少年だった。

人の気配に煩《わずら》わされないこの一帯で、生徒を見かけたのは初めてだ。席自体は離れているのだから、無視すればよかったのに失敗した。彼はばつが悪そうに口を開く。

「……そこに積まれた本、お前が出したのか」

「ええ、そうですけど。それがなにか」

表情を変えずに淡々《たんたん》と返せば、相手はむっとしたようだった。

「お前はケンカ腰でしか話せないのか。とんだ礼節もあったものだな」

「今までのご自分を、鏡でごらんになるとよろしいです。そうすれば、あなたの口は貝のように賢く閉じていられることでしょう」

引き返すのも癪《しゃく》なので、さっさと座る。

頭に血がのぼらなければ、この通り演技を続行できるのだ。ひばりに見せてやりたい。

近くの存在を亡《な》き者と扱い、一冊ずつ斜め読みしていく。

ソンジャンテは半年と言っていたが、もっと早くに騒動《そうどう》が鎮静化《ちんせいか》する可能性だってある。

そうなった時、かつてのように歌えなければ意味がない。時間は有効に使うべきだ。

一通り読み終えたイヴリーンはため息をつく。

「ふぅ……役に立ちそうな記述って少ないわ。いくつか戻さないと」

眉間《みけん》を揉《も》み解《ほぐ》しながらぼやき、はたと気づく。少年のことをすっかり忘れていた。

首をめぐらすと、ぽかんとした少年は、二十冊ほど積み上げた本に視線を注《そそ》いでいる。

「……なんでしょう？」

「戻すって、お前……それ、全部……読んだのか？」

「ある程度は。目的がはっきりしていれば、自分に必要かどうかの区別はつきます」

いけすかない相手の間抜け面《づら》に気分がよくなったので、素直に首肯《しゅこう》した。

それから、広い窓を確かめる。外は暮れることなく明るいが、夕方の五時頃だろう。

椅子《いす》を引いて立ち上がり、不要な書物を片づけに行く。

珍獣《ちんじゅう》を観察するような目つきの少年の横を通り過ぎ、寄宿舎への帰路についた。

葡萄月《ヴァンデミエール》の悪魔、美意識の死神などと陰《かげ》で噂《うわさ》された女楽生《じょがくせい》、イヴリーン・シラク。

彼女が編入してから一ヶ月、高等部では知らぬ者はいない有名人である。

大抵の教師は、彼女の扱いに手をこまねいていた。

抜き打ちの小試験だろうが、ほとんど満点を叩《たた》き出す。減点になるのは、音感が絡《から》む問題ばかり。音痴《おんち》でも、知識の豊かさは本物だった。これほど扱いづらい生徒はいない。

しかしその非常識な音感が、彼女に『劣等生《れっとうせい》』の烙印《らくいん》を押していた。

リュクシオル・ド・オリヴィエもまた、彼女への対応に頭を悩ませていた。

本人は知らないのかもしれないが、やはりなにか抜け道を使って入楽《にゅうがく》したとしか思えなかった。

シラクなんて爵位《しゃくい》持ちの家は確認できなかったが、そんなものはどうとでもごまかせる。

貴族の令嬢《れいじょう》なら裏口入楽も可能だろう、そう思ったのに——

(今日も図書館にいるのか)

意図《いと》せずかち合って以降、リュクシオルは遭遇《そうぐう》しないよう細心の注意を払っていた。

放課後の図書館でもっとも静かな席を見ると、いつだってイヴリーンが座っている。

休憩時間《きゆうけい》も熱心に読書する姿を見てきて、彼女への印象が少しずつ改まってきていた。彼女が感情的に反論してきたのは、編入初日にリュクシオルが非難した時と、その翌朝だけだ。基本的に物静かに、ごく真面目に授業を受けていた。

「このことを弟に知られたらなんて言われるか、考えただけでぞっとするな」

〈楽師《カンタンテ》〉になるため家督《かとく》を譲《ゆず》ったしっかり者の弟を思い出し、本棚《ほんだな》の陰に隠《かく》れて嘆息《たんそく》した。きっと「兄様は意外と猪突猛進《ちよとつもうしん》なので困ります」と真顔でたしなめるに違《ちが》いない。

優等生と言われているリュクシオルだが、過去には何度か謹慎《きんしん》を食らっている。それはすべて、自覚の足りない生徒との諍《いさか》いが原因だ。

〈楽師〉のことになると、どうにも怒《いか》りの沸点《ふってん》が低くなってしまう。深すぎる思い入れから、いい加減な態度が許せない。特に、今は否《いや》が応《おう》でも神経質になってしまう時期。実際、イヴリーンの出現で多かれ少なかれ生徒たちに気のゆるみが生じていた。

「年度末の大競演会《グラン・コンクール》まであと二ヶ月、か」

三年に一度、各楽舎《がくしや》で開催《かいさい》される演奏会。

最優秀賞に輝いた生徒は『プルミエ』という称号《しようごう》を得て、〈歌姫《ディーヴァ》〉や〈歌王《ディウース》〉と同じステージに立てる特典がつく。

たとえ相手がエトワールやプティ・エトワールという遠い存在であっても、『プルミエ』

になれたら指名できる。普段の成績が悪かろうと、大逆転だって夢ではない。

運も実力のうちだが、悔《く》いは残したくない。だから、イヴリーンが気に入らなかった。

リュクシオルは普段前髪で隠している左目に触《ふ》れる。

こちらの目は、なにも映《うつ》さない。領地に出現したラー・シャイの魔物による後遺症《こういしょう》だ。

その時、助けてくれた当代のプティ・エトワール――〈渓星の歌姫《けいせいうたひめ》〉エルネスティーヌ。

あの運命の日から、リュクシオルの願いは一つだけ。

〈家族の反対を押し切って、やっとここまで来られたんだ。絶対に結果を出してみせる〉

両親はダメ元で送り出してくれたのだろう。けれど魔物に傷つけられ、プティ・エトワールの讃歌《さんか》を間近で浴《あ》びたことで、なんらかの作用が働いたらしい。結果はこの通り。

この力は、プティ・エトワールから与えられた。だから、彼女のためになにかしたい。

〈希望が通るかわからないんだ、せめて共演したい〉

リュクシオルの進路は何年も前から、一流の〈詩人《バルド》〉一択《いったく》だ。

ちなみに、そもそも〈楽術《ネウマ》〉を操《あやつ》れない〈吟遊詩人《トルバドゥール》〉とは別物である。

〈詩人〉の役目は、詩を捧《ささ》げることで〈楽師〉の力を強め、護《まも》ること。

そのため、〈楽師〉は〈詩人〉と二人一組《ツーマンセル》で行動する。

ただ、これは賭《か》けだ。〈詩人〉は重大な任務に就《つ》くことが多い〈歌姫《ディーヴァ》〉たちに優先的に回されるものの、肝心《かんじん》のプティ・エトワールは単独行動を好むと聞く。

（それでも普通の〈楽師〉より、〈詩人〉の方がそばに行ける確率は高い）

恩返しをしたい。その情熱だけで、リュクシオルは〈詩人〉を選んだ。

努力家はきらいではない。自分もかくありたいと望む姿だ。真面目に取り組む相手を貶《おとし》めるなんて、褒《ほ》められた行為《こうい》ではない。けれど、それが演技だったら？

「……判断するのはまだ早いか」

もう少し様子を見ようと考えこんでいたので、忍《しの》び寄ってきた存在に気づけなかった。

「オ、オッオオオォオオオオ」

類人猿《るいじんえん》の雄叫《おたけ》びのような野太い声に飛び上がる。体ごと向きを変えて、ますます驚《おどろ》いた。

「……マ、マルソー？　今の声、お前のなのか？」

「う、うん。オッゥオリヴィエ……くんっ！　って言いたかったの」

どうしたらそんな嘔吐《おうと》しているような発声になるのか。

ミレイユ・マルソーの挙動が不審《ふしん》なのはいつものことだ。

今もそうだが、常《つね》に小動物のように震《ふる》えている。それが一生懸命《いっしょうけんめい》でかわいいと、友人たちは騒《さわ》いでいたが、リュクシオルには理解できない感覚だった。

「あの、あのね、あたし、その……ず、ずっと言いたかったことがあって……」

「は、言いたいこと？　選択授業の課題のことか？　それならお前は『水』で専攻楽科《せんこうがっか》は違うし、僕じゃない方が」

「じゅっじゅじゅ授業のことじゃなくて！　その、あたし……う、うう……あたし……」

とび色のつぶらな瞳《ひとみ》がうるうると潤《うる》み、うつむいてしまう。

切羽詰《せっぱつま》っているのは間違いないようだし、リュクシオルは気長に待ってやることにした。

「あの、一年前……一楽年の時！　助けて、くれてありがとう……って言いたかったの」

必死の形相《ぎょうそう》で何度もつっかえながら言うと、ミレイユは溢《あふ》れた涙をぬぐって笑う。

一年前？　リュクシオルは首をひねった。確かに同じ楽級《がっきゅう》で、進級した時期も同じだったが、なにかあっただろうか。

「あ、あたし、こんなんで……うっううじうじ虫みたいだから……みんなと、折り合い悪くて……それでホントのことを言われてた時、オ、オゥリヴィエくんが庇《かば》ってくれて」

「庇う……ああ、あの時のことか」

寄宿舎《きしゅくしゃ》の陰で難癖《なんくせ》をつけられているミレイユを助けた覚えはある。だが……

(僕もその時、いろいろと言った気がするんだが)

今日は助けたがいつでも助けられると思うな、言いたいことがあるなら時間がかかろうと言葉にしろ、彼女たちの言い分にも一理ある、誹謗中傷《ひぼうちゅうしょう》ではない部分を糧《かて》にしろ、などと好き放題に言ってから立ち去った。はたして、庇ったといえるのかどうか。

「感謝されるようなことはしていない」

「で、でもね、あたしが甘えていたのって、ホントだったから……あたし、十人兄姉《きょうだい》の末っ子で……なにか言う前に理解してもらえて。頭ごなしに言われると地中深くに埋《う》まりたくなるけど、オ、オリヴィエくんの指摘はわかりやすくて……！　それで、あの時の女の子たちとね、腸《はらわた》を引きずり出すような感じで腹を割って話したら……友達になれたの」

「マルソー……」

「あっあたし！　友達、できないって思っていたんだ。夢が叶《かな》って、嬉《うれ》しくて……オリヴィエくんのおかげだから、お礼を言いたいってずっと……でもなかなか、言えなくて」

しゅんとうなだれる姿は、叱《しか》られた仔犬《こいぬ》のようである。友人たちの言う通り一生懸命だ。

リュクシオルはフッと鼻から抜けるように笑い、静かに目を伏《ふ》せる。

「そうか、なら礼を受け取っておく。……友人が、できてよかったな」

「う、うん！　……オ、オリヴィエくん、さっきからなにを見ていたの？」

ひょいっと本棚から顔を出し、ミレイユは目をぱちくりさせる。

「あ、シラクさんだ。シラクさんってお、大人っぽくてカッコイイよね。背も高くて！　じゅっ十七歳になったら、あたしもあんな風になれるかな」

「……マルソーはシラクが苦手ではないのか？」

「えっ！　ど、どうして？　シラクさん、いい人だよ。挨拶《あいさつ》やお礼がちゃんと言える人は、いい人だってお母さんが言ってたよ！」

きらきら。そんな純粋《じゅんすい》な目で見られると、自分が悪いことをしたみたいで居心地《いごこち》が悪い。

(勘《かん》ぐる僕が悪いのか？　なんだこの理《り》不尽《ふじん》な罪悪感は)

貴族社会を知っているせいで、裏を読むのはもはや癖《くせ》だ。

疲労感《ひろうかん》で肩を落とせば、ミレイユがさらに問いかけてくる。

「シ、シラクさんに用が……あるの？　編入《へんにゅう》してきた日も、ずっと見ていたよね？」

「……よく覚えているな」

「えっ!?　う、うぉおお……違うのっ！　べっつに、二十四時間監視《かんし》していたいとか！　同じ空気を吸いたいとか！　微塵《みじん》も思ってないからっ！　写真だって隠《かく》し撮《ど》りなんてしたことないから！　あとだって尾《つ》けたことないしっ」

「……シ、シラクをか？　それは……なんだ、が、がんばれよ？」

とんでもない暴露《ばくろ》を聞いた気がする。ドン引きしていると、ミレイユは床に突《つ》っ伏《ぶ》した。

「違うのぉおお！　ああああっ助けて！　あたしを助けて！　ザザちゃん、コレットちゃん、あたしの口を塞《ふさ》いでぇええっ。窒息死《ちっそくし》させてぇええ」

さらにはがんがんと額《ひたい》を打ちつけだした。怖《こわ》すぎる。

とりあえず他の閲覧者《えつらんしゃ》の迷惑《めいわく》になるのでやめさせようとしたが、狼狽《ろうばい》している間に誰かが背中をつつく。振り返れば、恐《おそ》ろしい顔つきをした鬼女もとい司書が立っていた。

「……別室まで、来てもらいましょうか？」

「はい……」

有無《うむ》を言わさぬ笑顔に、二人は頷《うなず》くしかなかった。


霧月《じゆうがつ》に入ると、曇《くも》りがちで雨天が多くなる。

その日も鬱陶《うつとう》しい雨が降っていて、じめじめしていた。

イヴリーンは休み時間になると羽根筆を揺《ゆ》らし、本を読んでいた。二拍子《にびようし》のテンポを体に叩きこむためだ。そのうち目の前がかすんできて、口許《くちもと》を隠してあくびする。

「ふわぁ……眠い……」

遅くまで打楽器を鳴らしていて、最近は寝不足気味だった。

美容の大敵でも、音痴の烙印を押した不届き者を見返すためなら苦にならない。

目元をこすっていると、机にできた影に気づく。顔を上げて、目をしばたたいた。

「イヴリーン・シラク」

「……おま——あ、なたは確か」

「リュクシオル・ド・オリヴィエだ」

名乗りからして貴族か。聞き覚えのある家名だが、確か外務省の大臣にいたような？

猫に似た黒瑪瑙《オニキス》の隻眼がこちらを見下ろしていた。頰《ほお》は強張《こわば》り、大隊を率《ひき》いる将校のように険《けわ》しい顔つきだ。身構《みがま》えていると、形のいい唇《くちびる》が開いた。

「僕はまどろっこしいのが嫌いだ。だから単刀直入に訊《き》く」

「え?」

「〈楽師《カンタンテ》〉は一種の高い社会的地位を示せる。だからこそ、僕はなんらかの仕掛《しか》けがあると考えた。……お前は、本当に、実力で入楽したのか? 実力だと言うならば、それをプティ・エトワール様に胸を張って誓《ちか》えるか」

「プティ・エトワール? ……なぜ、わたしが誓う必要があるのです」

「濡《ぬ》れ衣《ぎぬ》なら、お前の名誉に傷をつけたことを詫《わ》びるためだ。……誓えないのか?」

「ああ……その謝罪でしたら結構です。聞きたくありません」

プティ・エトワールだと隠して入楽試験を受けた時点で、すでに反則ものである。

そもそも、謝ってもらいたいのはそんなことではない。

（わたくしの音痴が直らなきゃ、謝られたって意味がなくてよ）

謝られただけで根本的な問題が解決するなら苦労しない。

イヴリーン・シラクは音痴――それが常識のように語られるのは我慢《がまん》ならない。

そんな称号を許すくらいなら全員まとめて音痴になるよう呪《のろ》ってやる。

だがその答えに、リュクシオルだけでなく、なぜか周囲の人間まで目をひん剝《む》いた。

男子生徒の一人が詰《つ》め寄ってくる。

「お前……ホント、何様のつもりだよ!? 聞きたくないだって!」

「おい、これは僕の」

「……だれが謝罪を要求したのです? そんな押しつけがましい謝罪なら、ますますいりません。どうぞ、お引き取りください」

音痴が直った暁《あかつき》にはまとめて跪《ひざまず》かせてあげるわ! そんな本音《ほんね》を隠し、あくまで穏《おだ》やかにご遠慮《えんりよ》願う。

しかし、男子生徒の堪忍袋《かんにんぶくろ》の緒《お》はますます細くなったらしい。

「訳知り顔で俺たちを見下しているようだが、音痴がなにをやったって音痴なんだよ!」

「な、なんですって!?」

「いくら頭がよくたってな、音痴の〈楽師《カンタンテ》〉なんざだれも使わないね。お前、存在価値がないんだよ!」

存在価値がない――イヴリーンの顔色が変わったことに気づいた相手が調子に乗る。

「二楽年まで飛び級しようが、現実は変わらねえ。落ちこぼれのくせにッ!」

「だからっやめろ! これは僕と、シラクの問題で……」

「リュークだから言わせてもらうぜ。これはもうお前だけの問題じゃねえ。だれもが思っていたことを、たまたまリュークが代弁しただけさ! ここにくるまで、どんだけ苦労したと思ってんだ。大競演会《グラン・コンクール》も控《ひか》えてるっつーのにこんな音痴と、一緒くたにされるなんて我慢ならねえよ！　……なんでだよ。俺のダチだって、こいつほどじゃねえが味はある声でムジカ石を光らせたさ。だが、今ここにはいねえ。……地元に帰ったんだよ、この意味がわかるか!?　なんでこいつだけが特別なんだ、おかしいだろ！」

そんなことは知らない。おまえたちの勝手な都合だと……そう、言えたらよかった。

実の両親には大量の金貨と引き換えに売られて、王宮に引き取られた。その王宮でも危険だから、この楽院《がくいん》に隠れろと指示された。その楽院では、耳障《みみざわ》りだと疎外《そがい》されている。

王宮で向けられた悪意とは、また別種の感情の奔流《ほんりゅう》。

たんなる中傷ではない。叶わぬ夢に破れ去った者たちの悲しみでもある。

（わたくしは、どこにも身の置き場がない）

ソンジャンテの指示がない限り、退楽《たいがく》はできない。

彼らの心を慮《おもんぱか》るより、国王に疎《うと》まれたくなかった。しかし、今のイヴリーンは求められた姿だろうか。本当に瑕疵《かし》のない、完璧《かんぺき》なプティ・エトワールだろうか。

（違う、わたくしは……わたくしは、本当は……）

胸元に手を当て、深呼吸する。〈楽師〉の証《あかし》の感触《かんしょく》。大丈夫、ちゃんとここにある。

だからなんてことないと自己暗示をかけた、その時だ。甲高《かんだか》い声が割りこんだ。

「や、やめてよ！」

今まで隣《となり》で縮《ちぢ》こまっていたミレイユが立ち上がる。歯を食いしばって、懸命に涙をこらえていた。関わりたくないとばかりに遠巻きにしていた女子生徒が慌《あわ》てている。

「ミ、ミレイユ？　大声なんか出して大丈夫!?　アンタ、肺活量が足りないのに！」

「ア、アルマンくんの、言いがかりだ、よ！　シラクさんは、見下してなんかない！　シラクさんは毎日、毎日すごく勉強してるんだから！　あっあたし、知ってるんだからっ……べ、別に毎日は見てないけど！　貸し出し表に、いっぱい名前だって書いてあるんだよ！　あっ伝え聞いただけだけど！　努力って、見せつけるものじゃないでしょ。隠れたところで、シラクさんはが、がんばって……がんばって……うぅっ」

「オ、オイ、マルソー泣くなって！　俺が悪いみたいじゃねえか！」

「なんで、そんなこと言うのぉ……みんな同じ、〈楽師《カンタンテ》〉の卵なのにぃいい！　卵なんて叩《たた》き潰《つぶ》したらみんな同じなのにぃい。腐《くさ》った卵も卵なのにぃいい」

最後はもう支離滅裂《しりめつれつ》だが、張り詰めていた教室の空気が一瞬《いっしゅん》にしてゆるんだ。

身《み》も世《よ》もなく泣きじゃくるミレイユを、女子生徒総出で慰《なぐさ》めにかかっている。真っ先に声をかけた女楽生など、アルマンとやらに猛然《もうぜん》と抗議《こうぎ》していた。

（な、なんなの）

自分をよく見せたいがための演技なのかもしれない。

今までの経験から、物事を素直に受け止められなかった。

それでも崇拝者《すうはいしゃ》でもない、同年代の同性に庇われたことは生まれて初めてだ。口を開いたが、なにも出てこない。微妙《びみょう》な雰囲気《ふんいき》のまま休み時間も終わり、三時限目の授業を担当する教師がやって来てしまう。群《むら》がっていた生徒も素早く席に戻る。

（ミレイユ・マルソー、か）

そして、リュクシオル・ド・オリヴィエ。

見当違いではあったが、あれほど腹を立てていたのに謝罪を考えていた。

そもそも音痴と言ってきた時だって、陰口を叩かず直接ぶつかってきた。

この〈白羊級《ベリエ》〉は、良くも悪くも真《ま》っ直《す》ぐな生徒の集まりらしい。

イヴリーンは制服の胸元を摑《つか》んだ。どうしてか、息苦しくて仕方なかった。

終礼が終わっても、イヴリーンは図書館には向かわなかった。

楽舎の柱廊《ちゅうろう》を、ゆったりとした足取りで歩いていく。染髪《せんぱつ》しているので、雨に濡《ぬ》れると落ちる可能性がある。その懸念《けねん》さえなければ、この時季の雨はきらいではなかった。

「聞こえない、なにも聴《き》こえないわ……」

ぽつりと呟《つぶや》いた。

イヴリーンが求めているのは「ぽつんぽつん」なんて音ではない。雨の声だ。良いことが起きるのか、悪いことの先触《さきぶ》れなのか、いつも教えてくれた――そんな音を求めている。

世界を満たす美しい旋律《せんりつ》が今も聴こえていれば。そう思わずにはいられない。

(ラー・シャイ……これがおまえの望んだこと?)

力そのものではなく、音感をゆがめ、歌声の美しさだけを奪ったのは、この感傷を与えたかったからなのか。ああ、一刻も早く音感を取り戻さなければ。

イヴリーンは顔を上げた。今日は寄宿舎に戻って、ずっと打楽器を叩いていよう。ひばりをいじれば元気が出る。そう思って踵《きびす》を返すと、キレのある大声で名を呼ばれた。

「イヴリーン・シラク!」

目を丸くした。視線の先に、間違えようのない容貌《ようぼう》の少年が息を切らしていた。

乱れた呼吸を整《ととの》えると、背筋をぴんと伸ばす。そうすると均整の取れた小柄《こがら》な体軀《たいく》が大きく見えた。ブーツの靴音《くつおと》も高らかに近づいてくる。

「先刻の詫びがしたい」

「……謝罪は、結構と言ったはずです」

「疑惑《ぎわく》を撤回《てっかい》したつもりはない、ただ教室で切り出すには不適切な話題だった。その点に関してだけ、自分のために謝りたいだけだ。だから、謝罪を受け取れ」

「…………あなた、上から目線だってよく言われません?」

「生憎《あいにく》と言われたことはない。お前の見方がひねくれているんだ」

そのすまし顔に、イヴリーンは絶句する。

間違いない、こいつは貴族の子弟だ。良くも悪くも育ちのよさが表れていた。

「……あいつの言い方は悪かったが、真理を言った。傷つきたくないなら、早々に退楽した方が身のためだ。これは、僕なりの善意で言っている」

「善意？　悪意の間違いではありません？　余計なお世話というものです」

「ふん。大言《たいげん》を吐《は》くだけなら、だれでもできる。バカにされたくなければ、せいぜい鍛練《たんれん》を積むことだ。じゃあな」

皮肉《ひにく》げに唇をゆがめ、小バカにするような一瞥《いちべつ》を一つ。

そうして、少年――リュクシオルは颯爽《さっそう》と立ち去った。

その小さな背中が完全に見えなくなってから、イヴリーンも息を吹き返す。

（む、か、つ、くー！）

なにあいつなにあいつ！　憤然《ふんぜん》と地団駄《じだんだ》を踏《ふ》む。嫌味《いやみ》ったらしいことこのうえない。

これだから貴族は！　体中に八つ当たりじみた怒りが充満していく。

「なにあの目！　せいぜいですって？　いい度胸じゃない……このわたくしに挑戦状《ちょうせんじょう》を叩きつけることが、いかに無謀《むぼう》か。なにがなんでも思い知らせてやる……！」

こうしちゃいられないわ！　肩を怒らせたまま踵を返す。

数分前まで寂寞《せきばく》としていた視界が、今は明瞭《めいりょう》としている。

『廊下《ろうか》は走るな！』そんな張り紙を無視して、イヴリーンは図書館までひた走った。

売られたケンカを倍返しにしてやろうと心に決めてからふた月、もう霜月《じゅういちがつ》。

音程がズレているとかそういう次元の音痴《おんち》ではない、とは誰もが言った。

ある時は、拍子《ひょうし》を測定する振り子を何時間も凝視《ぎょうし》し続けたこともあった。

またある日は気弱な教師をひっ捕《つか》まえ、歌を聞かせたりもした。

大抵は夢の世界に旅立って魘《うな》されたり、やめてくれと涙ながらに懇願《こんがん》してきたが、そのうち『へたくそ』から『へた』に変わっていった。

ついには、専攻楽科《せんこうがっか》『火』を担当するあの女教師にも「どこか味だけはあるしぃ、人の心を揺《ゆ》さぶるモノだってあるのに～……惜《お》しいわぁ、惜しすぎるわ～」と言わしめた。

（つまり、あと一歩なの。もう一歩なのよ！）

あの一件以降、同級生はますますもって遠ざかっていくがどうでもいい。

人生は反骨精神だ。負《ふ》の感情こそが原動力となる。

初志貫徹《しょしかんてつ》、リュクシオルの鼻をあかしプティ・エトワールとして王宮に戻るために今日も楽舎《がくしゃ》を駆《か》けずり回る。

他人の耳の方が信用できるのだが、ここのところ高等部の職員室に誰もいないのだ。

「見つけました」

「ひぃいいっ」

ぱかっと開いた掃除《そうじ》用具入れには、初めに付き合ってくれた眼鏡《めがね》の教師がでかい図体《ずうたい》を小さくしていた。なぜか涙目である。

がたがたと揺れていたので開けてみたのだが、見事的中した。我《われ》ながら勘《かん》が冴《さ》え渡っている。首根っこを摑《つか》んで引きずっていくと、人聞きの悪いことを叫《さけ》び出した。

「助けてくれ！　きみたちがそこら辺にいるのはわかっているんですからね！　いつも私にだけ押しつけてっ、呪《のろ》ってやるぅうう」

安堵《あんど》のため息のようなものが聞こえたが、とりあえず教師は一人で間に合う。

「あああ……母さん、父さん、〈楽師《カンタンテ》〉になるんじゃなかった……先立つ不孝をお赦《ゆる》しを……うっう……」

これみよがしな悲嘆《ひたん》を無視し、練習室に連れこんだ。

泣こうが喚《わめ》こうが、イヴリーンの知ったことではない。

「ア、アーっ！　アァアア～！」

「ひぃー！　耳がぁ耳がぁ汚染《おせん》されるぅ！　なんでこんな高音と低音が一緒に発音できるんですかぁ、もっと腹に力をこめて！　口先だけで歌わず、頭のてっぺんから音を出すように！　踏《ふ》ん張ってっ、声量は小さめに！　というか口を開けないで！　息を止めて！」

「やればできる子やればできる子……全人類を跪《ひざまず》かせて、わたくし大勝利！」

「……は、話を聞いてない……しくしく……誰か、誰か……」

鍵《かぎ》をかけた扉《とびら》に爪《つめ》を立て、今にも自害しそうだ。しかしイヴリーンとて必死である。

（体に叩《たた》きこむの、耳にしみこませるの、全身の毛穴という毛穴をぶち開けるのよ！）

白目は過度の寝不足で赤い。どうだとその目で問うと、教師は震《ふる》え上がった。

毎日一音ずつ覚えるように心がけているので、今日は高音域の発声練習を執拗《しつよう》に繰《く》り返す。そうこうしているうちに外が暮れてきた。

「利用時間が過ぎてしまったみたいです。今日もありがとうございました、失礼します」

「失礼してください……永遠に……鍵は私が閉めますから……」

礼儀正しく一礼すると、教師は突《つ》っ伏《ぷ》したまま微動《びどう》だにしなくなる。

世話になっているので心配になったが、早く食堂に行かないと料理を片づけられてしまう。食事を抜いては歌えない。

実技棟《とう》の一階までおりて、食堂のある特別棟まで繋《つな》ぐ柱廊《ちゆうろう》を足早に進む。

ごった返す時間帯は過ぎていて、人影はまばらだ。

気を取られていると、右肩に強い衝撃《しようげき》を受け、体がよろめく。

「あ、ごめんなさい！　人気のバゲットがなくなっちゃうんでー！」

そんな謝罪を残し、女楽生《じよがくせい》二人組は風のように走り去る。

なんとかこらえようと力をこめた足はたたらを踏み、もつれた。

「きゃっ……」

かろうじて柱廊《ちゅうろう》の外に転がり出ることはなかったが、尻餅《しりもち》をついてしまう。咄嗟《とっさ》に頭は庇《かば》えたものの、制服に泥水《どろみず》が跳《は》ね返って大変な有様だ。

（こ、ここまで来て、寄宿舎《きしゅくしゃ》に戻らなくちゃならないなんて……）

一気に億劫《おっくう》になったが、起き上がろうと足に力を入れた時、すっと手が差し出された。

「掴まるといい」

剣だこがあっても滑《なめ》らかな、荒れることを知らない白い手だ。あまりに自然だったので、反射的に手を重ねてしまう。雨で冷たくなった掌《てのひら》が、相手の体温であたためられていく。

「どうも……ありがとう、ございま――あ」

眼鏡をかけ直して仰《あお》いだイヴリーンは、思わず呆《ほう》けた声を出していた。

しかめっ面《つら》で見下ろしていたのは、リュクシオル・ド・オリヴィエ――イヴリーンの天敵だ。食堂の帰りなのだろうか、きっちり着こんでいる制服の詰襟《つめえり》を楽にしている。

その彼がこれみよがしにため息をついてきた。

「まったく嘆《なげ》かわしい。そんなふらふらしていて、よくあんな大口を叩けるものだ」

「……あなたに、迷惑《めいわく》はかけていないでしょう。放っておいてください」

手を払い、素早《すばや》く立ち上がる。

こんなどぶ鼠《ねずみ》じみた姿を、他人にさらすのは業腹《ごうはら》だ。やはり一度着替えなくては。イヴリーンはマントをはずす。すでに制服は汚れているので、髪だけ無事なら問題ない。マントを雨よけのようにかぶってから、向かいの吹き抜けから外へと飛び出す。

寄宿舎に一番近い経路を選んで疾走《しっそう》した。


空腹感で行き倒れそうだったが、どうにか寄宿舎に辿《たど》り着く。

あと少しだと胸を撫《な》で下ろしたのも束《つか》の間、響《ひび》いたのは、緊迫《きんぱく》した楽内放送《がくないほうそう》だった。

『寮生《りょうせい》に告ぐ。緊急《きんきゅう》、緊急連絡。ただちに礼拝堂に集合するように！　緊急、緊急連絡。繰り返す、生徒は――』

それ以上待っても、ろくな説明は流れてこない。移動している間にいったいなにが？

（もしかして、説明すると混乱を招くような事態に陥《おちい》っているの？）

〈楽師《カンタンテ》〉が恐慌《きょうこう》する事象は限られている。こういう時こそ、イヴリーンの出番だろう。

ムジカ石を虹色《にじいろ》に輝かせるということは、五大元素すべてを操《あやつ》れる証拠《しょうこ》である。

そんなプティ・エトワールを戴《いただ》いていることもあってか、イリス王国に戦《いくさ》を仕掛けようとする国もない。不穏《ふおん》といえばラー・シャイの魔物《まもの》くらいで、この国は平和だった。

以前は不調でもムジカ石は五色に輝いたのに、今は四色。もっと少ないかもしれない。

だが、と制服の胸元に手を当てる。肌着の下に隠《かく》した〈楽師〉の証《あかし》。

プティ・エトワールとして、イリス国民を護《まも》る義務がある。

「……着替えている時間の余裕はないようね」

ひとつ頷き、来た道を逆走する。けれど、再び足を止めるはめになった。


「――ァァアアアッ！」


この、特徴的な音階。ありえないのに、最悪の状況しか導《みちび》き出せない。

痛いほどの緊張感《きんちょうかん》が、全身を刺激《しげき》してくる。

この胸がかきむしられるような感覚、寒気は、楽院《がくいん》に来てから無縁《むえん》だったものだ。

「ラー・シャイ……!?」

「――ルルァア、ア、ギ、ギギ……」

まるでイヴリーンの声に応じるように、通気孔《つうきこう》がわりの窓から入りこんだ黒い靄《もや》。

影は獣《けもの》に模《かたど》られ、高らかに謳《うた》われる悲哀《ひあい》に眉《まゆ》をひそめる。

どうりで大っぴらに説明できないはずだ。王宮と楽院、もっとも守護《しゅご》が強い場所に魔物が現れるだなんて！　愕然《がくぜん》とする視界の端《はし》を、毛玉の塊《かたまり》が疾走していた。

「――、――、――……」

美しくさえずっているのは、紛《まが》う方なくひばりだ。……ひばり!?　顎《あご》をはずしかけた。

いくつもの水球をまとわりつかせて、ひばりは魔物に攻撃を試みている。

ひばりは、オアシス――『水』の高位の精霊《せいれい》だ。

今日みたいな雨天なら魔物の影響《えいきょう》を受けづらいと知りつつも、反射的に身を乗り出す。

「ひば――」

「なにしてるわけ、とっとと行けよ!」

余裕の欠片《かけら》もない目の色が、凍《こお》りつくイヴリーンを非難していた。

『水』の支配が強まるからといって、魔物化する可能性は皆無《かいむ》ではないのにどうして。

「あーっもう!　どうせ隠れていろって言ったたって、きみは礼拝堂に行くんだろ?　それなら、ここにいられる方が迷惑《めいわく》なんだってば!　ヒトのくせに精霊さまを見くびるとか、祟《たた》られちゃえばいいよねぇ!　……ほら、早く!」

せっつかれるように、イヴリーンは走り出す。

肩越しに、ひばりが水球をぶつけて即座に離脱《りだつ》するのが見えた。そこに影の気配はない。

(あのひばりが、危ない橋を渡るわけがないのよ。魔物化なんて起こりえないわ)

熱くなる目頭《めがしら》を、瞼《まぶた》に力を入れることでごまかす。息苦しいのは走っているせいだ。

そう暗示をかけて、イヴリーンはひとまず楽舎に急いだ。

楽内は無人で、辺りはすっかり暗くなっている。

それでも倒れた木々や半壊《はんかい》した扉、ひびの入った壁といった惨状はわかった。

教師総出で相手しているのだろうが、魔物はどこにいて、何匹現れたのだろう。教師の援護《えんご》をするつもりでいたのに、見回っていた教師に見つかって礼拝堂に追いやられる。

初等部から高等部まで合わせた生徒数は四百人ほどだという。

ゆったりとした音楽を響かせる礼拝堂の、広い会堂には全校生徒が詰《つ》めこまれていた。どこも自然と楽級《がっきゅう》ごとに固まっているらしい。

仕方なく奥に進んでいけば、周りには顔なじみの同級生ばかりになった。

（って！　わたくしのバカ、これじゃますます抜け出しづらいじゃない！）

頭を抱《かか》えると、礼拝堂を照らしていた無数の光が消える。

ムジカ石の照明が消えるなんてただごとではない。

運悪くすさまじい轟音《ごうおん》まで鳴り響いた。雷《かみなり》だ。いっせいに悲鳴《ひめい》が上がる。

「きゃーっ！　きゃー！　き、きっとあたしたち、礼拝堂の中でまるこげになっちゃうんだよ！　こんがり焼かれちゃうんだ！　そんでもっておいしくいただかれちゃうんだ、おそまつさま！　できたら骨までおいしくしゃぶってねっ」

「ミ、ミレイユ……アンタのそのおかしな感性、今はなんだか心が和《なご》むわ……はは……」

「ザザちゃん、貧血《ひんけつ》なの!? 大変! きゃっ、また鳴った! こわいぃいいい」

「俺はマルソーの方が怖いと思う」

びくびくしているだけの子だと思っていたミレイユのおかげだろうか。

魔物に怯《おび》えるような様子がないため、この辺りの空気は息苦しくない。

それでも騒《さわ》ぐ生徒が多い中で、リュクシオルだけは超然《ちょうぜん》と前を見据《みす》えていた。

その冴《さ》え冴《ざ》えとした眼差《まなざ》しがこちらを向き、どきりと鼓動《こどう》が跳ねる。

「……なんだ、まだ濡れ鼠のままなのか。それで〈楽師《カンタンテ》〉の端くれとは信じがたいな」

「あなたに咎《とが》められる筋合いはありません」

「ある。お前のように自覚の足らない〈楽師〉は、病原菌を撒《ま》き散らすようなものだ。それこそ熱でも出したら、退楽届《たいがくとどけ》と一緒に大笑いしてやる」

すでに鼻先で笑われた。口角《こうかく》が痙攣《けいれん》しっぱなしだ。

怒《いか》り心頭なイヴリーンをよそに、リュクシオルが脱いだジャケットを差し出してくる。

思わず凝視すると、偉《えら》そうに言い放つ。

「本来なら自業自得だが、いいか。お前の体はお前だけのものじゃない。〈楽師〉は言わば国の、ひいてはプティ・エトワール様のものだ。喉《のど》を壊《こわ》したら元も子もない、音痴の分際で虚勢《きょせい》を張るな。それでも着て大人しくしていろ」

感謝の念を抱《いだ》く気にもなれない。

腹が立ったので突っぱねたかったが、くしゃみをしてしまったので渋々《しぶしぶ》羽織る。嗅《か》ぎ慣れない香りにつつまれ、変な気分だ。裾《すそ》をぎゅっと握《にぎ》る。

（そもそも、プティ・エトワールってわたくしのことだけれど）

教えてやったらどんな顔をするか見ものだ。

リュクシオルはそれを皮切りに、箍《たが》がはずれたように説法もどきを唱え出す。やれ「プティ・エトワール様の爪の垢《あか》でも煎《せん》じて飲め」だの、むにゃむにゃと垂《た》れ流される寝言に、とうとう叫ぶ。

「プティ・エトワールプティ・エトワールうるさい！　おまえは催眠術師《さいみんじゅつし》かっ!!」

「うるさいだと？　上等だ。プティ・エトワール様は〈楽師〉の鑑《かがみ》だというのに、むしろ洗脳された方が上達するんじゃないのか」

「無礼者！　おまえ、その言葉忘れ……」

言い合いながら自分の出る幕はないと気をゆるめた時――それは、再び現れた。

閉めきられていたはずの扉が音を立てて全開になる。今は出払っている教師が戻ってきたと思ったのだろう。全員の視線が出入り口に釘《くぎ》づけになるも、期待は裏切られた。

「グルルルルゥ……」

「いや――――――ッ！」

初等部の絶叫を皮切りに、生徒は恐怖の渦《うず》に叩きこまれ、それと距離を置こうとする。

魔物だ、ラー・シャイの魔物が礼拝堂にやって来たのだ。まさか……

逃げ場もなく体を小さくする彼らの前に、十数人の男女が立ち上がった。

高等部最高楽年《がくねん》の生徒たちだ。彼らは声を合わせて詠唱《えいしょう》しはじめる。

「――無にして全！」

それは浄化《じょうか》するための、葬送歌《そうそうか》の第一節。

一瞬、魔物の動きが鈍《にぶ》くなった。が、効果は持続しない。

イヴリーンの周りにいた同級生たちも怯えながら、喉から音を振《ふ》り絞《しぼ》った。その中には
リュクシオルやミレイユ、イヴリーンを非難した例の男子生徒もいる。

「――すべてを生みながら　すべてを失くす」

のそりのそりとしていた魔物の四肢《しし》が急に機敏《きびん》になった。

まるで〈楽師《カンタンテ》〉の歌声を糧《かて》にしているかのように、鋭《するど》い爪を生《は》やした腕を振り上げる。

刹那《せつな》、先陣を切っていた数人の生徒が薙《な》ぎ倒された。さらに、例の男子生徒に向かって
突き出される。あまりのことに呆然《ぼうぜん》としていたイヴリーンも、やっと動き出した。

むしろ遅すぎた、先頭になるべきは自分だったのに！

舌打ちしたイヴリーンに、しゃがみこんでいた女楽生が目を剝《む》く。

「シラクさん!?」

「この鈴《すず》、借りるわ！」

慣れ親しんだ媒介《ばいかい》は、寮に置いてきてしまった。礼拝堂の装飾品だった鈴を掴み取り、男子生徒に体当たりする。両手に構《かま》えた鈴を鳴らし、襲《おそ》いかからんとする爪を睨《にら》み据えた。

「――無にして全！」

突き出された爪をかわし、懐《ふところ》に飛びこむ。あくまで踊《おど》るように、軽やかな足取りで。

「グルァアアアアアアッ！」

「――花筵《かえん》の調べに　紅蓮《ぐれん》の宴《うたげ》　炎渦《えんか》のごとく灼《や》き尽《つ》くせ！」

至近距離で放たれた冷気の光線に対し、イヴリーンは渦巻く火焔《かえん》でもって応戦する。飛びすさり、標的を変えようとした相手を引き止めるため、腹の底から声を出す。

「ラー・シャイ！　わたくしを見なさい、おまえの獲物《えもの》はここにいる！」

目があるのかどうかも怪《あや》しい首が、再びイヴリーンの方にもたげた。

それでいい。一息で詠唱する。

「──ラー・シャイ　哀《あわ》れなるけだものよ！
迷い惑った子供らよ
優しき眠りにつくがいい！
今こそ音に帰《き》し　音に還《かえ》れ──〈封印《ケトム》〉！」

踊りながら鈴を鳴らし続けると、身震いするような遠吠《とおぼ》えを上げていた魔物が静止した。

決着がつくかと思いきや、四つん這《ば》いになって炎を飛び越えた。

「なっ⁉」

「──ア────ッ！　ア──ァアッ！」

イヴリーンの目と鼻の先で、魔物が歌っている。

一秒経《た》つごとに、魔物を覆《おお》う影が色濃《いろこ》くなっていく。生徒たちの恐怖を吸っているのだ。

（ま、ずい。これ以上、大きくなられたら……！）

鈴で特定の韻律《いんりつ》を踏み、時間を稼《かせ》ぐ。額《ひたい》に滲《にじ》んだ脂汗《あぶらあせ》が、こめかみを伝い落ちた。

以前なら一発で浄化できたのに、こうなると二回、三回と唱える必要が出てくる。

しかも、たった一回でかなりの体力を消耗《しょうもう》していた。今のイヴリーンでは敵《かな》わない。

（わたくしの歌声が、奪われてさえいなければこんなことには……）

そうすれば、恐怖ではなく希望を生徒たちに与えることができただろう。

さらには二匹、三匹、四匹と、魔物がステンドグラスを突き破って降ってきた。

そいつらは『見ツケタ見ツケタ』と囁《ささや》きながらけたけたと笑っている。

(嘘《うそ》でしょ……このラー・シャイもしゃべるだなんて。最悪だわ!)

イヴリーンから音感を奪った魔物と同種だとすれば、他の教師でも太刀打ちできるとは思えない。だが、見つけた? いったい、魔物は誰を見つけたというのか。

一瞬、様々な思考が渦巻く。そうして、靄がかかっていた記憶《きおく》が鮮明になった。

(まさか、わたくし……? わたくしが狙いなの? そういえば、迎《むか》えに来るって)

生徒を危険にさらす原因は、イヴリーンだというのか。思い至った仮説に衝撃が走る。

あちらこちらで〈楽術《ネウマ》〉を讃《たた》える声が響き渡っても、身動きが取れない。

「くそ……シラクッ、逃げろ! ――炎よ……」

背後から詠唱が迫ってくるも、時の流れがやけにゆっくりして感じられる。

呆然と立ち尽くすイヴリーンには、振りかざされた魔物の右手を避《よ》けることができなかった。

爪によって抉《えぐ》られた腕の痛みに呻《うめ》き、そのまま壁に叩きつけられる。

後頭部から激突《げきとつ》し、激しく脳天が揺さぶられた。

再度襲いかかる魔物に、崩《くず》れ落ちたイヴリーンの目の前がうっすらと暗くなる。

(オリ、ヴィエ……?)

意識が遠ざかったわけではない、人影のせいだ。

もっとも敵愾心《てきがいしん》を向けてきた少年が魔物に火の玉をぶつけると、イヴリーンを庇うように立ちはだかる。その横にミレイユ、彼らと仲のいい同級生たちが並ぶ。

「――さあさ　悪い子にはおしおきよ　さあさ　甘い匂《にお》いに　かまどへ突き落とし」

ミレイユが可憐《かれん》な声でえげつない詩を歌うと、巨大な水球が魔物をつつみこんだ。

そのあとを凜然《りんぜん》とした声が引き受ける。

「――滾《たぎ》れ滾れ　浄化の火群《ほむら》　こんがり焼かれて　それでしまいだ！」

今度は水球がぐつぐつと煮《に》えた。透《す》き通っていた色が赤く染《そ》まっていく。

髪を振り乱した同級生たちは今度こそ声を揃《そろ》える。

「――無にして全……」

イヴリーン一人では効《き》き目のなかった讃歌《さんか》が高らかに歌い上げられていく。

その葬送歌《そうそうか》を聴《き》きながら、遠ざかっていく意識の中で抱いた想いも淡《あわ》くはじけて消えた。

目が覚《さ》めると、イヴリーンは見知らぬベッドで横になっていた。

反射的に体を起こそうとしたが利《き》き手《て》に走った痛みで逆戻りする。

眼鏡はサイドテーブルに置かれ、黒髪の三《み》つ編《あ》みはほどかれている。

状況の把握《はあく》を急ぐと、イヴリーンは制服から寝衣《しんい》に着せ替えられ、右腕には包帯が巻かれていた。しかし、熱を持った傷口がじくじくと痛む。

（そうだわ。わたくし、あの時、無様《ぶざま》にもラー・シャイに……）

なにがイリス国民を護るのが義務だ、逆に足手まといになっている。

音痴になったくらいで、今までさほど実感は湧《わ》かなかった。それがようやくわかった。

確かに、奪われていた。イヴリーンを、プティ・エトワールたらしめていた力そのものを。

がらがらと扉が立てる開閉音が、ぼんやりとする耳に入ってきた。

周囲を覆っているカーテンの向こうに、ためらうような気配を感じる。

薬品独特の臭いをかき消すように勢いよくカーテンが引かれると、涼《すず》しげな香りが舞いこむ。

姿を現したのはリュクシオルだ。目覚《めざ》めていないと思ったのか、猫目を丸々とさせる。

「〈白羊級《ベリエ》〉を代表して来た。……具合はどうだ」

ぶっきらぼうな問いに、イヴリーンは黙《だま》って首をかしげた。

リュクシオルは気にすることなく、立ったまま事務的《じむてき》に話を続ける。

「魔物の一部は浄化し損ね、逃《に》がしてしまったが……傷の痕《あと》は残らないそうだ。穢《けが》れの影響もないらしい。あの時、僕の炎の防御壁《ぼうぎょへき》が間に合えばよかったんだが……すまない」

「……ん…………で」

「……今、なにか言ったのか？」

鼻先に皺《しわ》を寄せて聞き返す男の横っ面《つら》を、イヴリーンは渾身《こんしん》の力で引っぱたいた。

咄嗟《とっさ》に傷ついた右手を振り上げたせいで痛みは増す。だが、今は少しも気にならない。

腕よりも、心の方が痛かった。胸が軋《きし》んで、血の気が下がった頬《ほほ》は冷たい。

労《いたわ》られるのは屈辱《くつじょく》だった。そうだ、屈辱なのだ。

寝衣の上から、〈楽師《カンタンテ》〉の証を握りしめる。

「なぜ、謝るの。なんで謝るのよ！」

「シ、シラク？　おい、お前——」

「いつ、謝れと言った。いつ護れと言った！　おまえの善意は、本当に悪意の塊《かたまり》だわ。ぞっとするほどに！　おまえのやることなすことすべてが、わたくしの癇《かん》に障《さわ》る！」

リュクシオルは気に入らないが、おかげで音痴だと知ることができた。国王に知られる前に直す猶予《ゆうよ》を与《あた》えられた。だが、無力さまでは知りたくなかった。

イヴリーンはあまりの激情《げきじょう》に、上手《うま》く息がつけなくなる。それでも叫んだ。

「バカみたいだと思っているんでしょう。いつものように言いなさいよ、おまえは役立たずだと！　耳障《みみざわ》りなんだって！　わたくしだって、あそこまで役立たずとは思っていなかった……まさか、一人で浄化もできないなんて……こんな形で、知りたく——」

言葉が途《と》切《ぎ》れる。それは、リュクシオルに抱き寄せられたからだ。

青白い肌《はだ》に反《はん》して、その体温は高い。

肩に顔を押しつけられたイヴリーンは突き放そうとしたが、耳元を熱い吐息《といき》がかすめる。

「よし、黙ったな」

「なっ……！」

わざわざ抱きしめたのは、イヴリーンを静かにさせるためだったらしい。

すぐに距離を置いた彼の表情は、思いのほか弱り果《は》てていた。

「……お前は泣くより、嫌味《いやみ》ったらしいか怒るかの方がそれらしい」

なんだその二択《にたく》は。イヴリーンはぽかんとした。

そもそも泣いていないと言い返そうとしたが、手《て》の甲《こう》に落ちてきた冷たい感触《かんしょく》にびくりとする。頬を触《ふ》れると、確かに濡れていた。

突き出されたハンカチを思わず受け取れば、リュクシオルは安堵に似た吐息をつく。

「音痴だとは思っているさ。マシになったと思ったのは、僕の勘違いだったと気づいた」

「……それほど被虐精神《ひぎゃくせいしん》に富《と》んでいたとは知りませんでした。もう一度殴《なぐ》られたいのですね、でしたらわたしも心を魔物にします。無傷《むきず》の左頬も差し出してください」

「つまりは、だ。……僕たちは全員、半人前だ。いざ魔物と対峙《たいじ》してみれば、半人前ですらないかもしれない。お前の音痴も含《ふく》めて。バラバラではなく、一丸となって挑《いど》めばお前も傷を負うことなく終わっただろう」

ビロードのような深さと柔《やわ》らかさが際立《きわだ》つ、いつになく優しげな声色《こわいろ》だった。

先ほどの憤《いきどお》りも忘れ、その語り口に呑《の》まれていく。

「〈楽師《カンタンテ》〉と〈詩人《バルド》〉が二人一組《ツーマンセル》になるのも、同じ理屈《りくつ》なんだ。いかに優《すぐ》れた〈楽師〉でも力が及ばないこともある。足りなければ補《おぎな》えばいい。そんな簡単な、基礎《きそ》中の基礎を忘れていた僕たちがバカということだ」

「オリヴィエ……くん」

「わざとらしく『くん』づけするな、背筋が寒くなる。……マルソーが見舞いに来たがっていた。騒がしくなるだろうからと僕になったが、どちらにしても同じことだったな」

そう言って、リュクシオルは皮肉《ひにく》げに肩をすくめる。

同じ〈楽師〉だろうと、協力なんて考えたことはない。いかに完璧《かんぺき》なプティ・エトワールを演出するかに命を懸《か》けてきた。それこそ血反吐《ちへど》を吐《は》く思いをして。

〈詩人〉をも拒否《きょひ》してきたのに、リュクシオルは言う。みんなで取り組めばよかったと。

あれほど虚《むな》しさでいっぱいだった胸の奥になにかが灯った。

イヴリーンがプティ・エトワールだと彼は知らない、それだけで信じてもいい気がした。

遠慮《えんりょ》なくハンカチを使い、目元をぬぐう。素直に礼を言う気はない。それでも、イヴリーンの心の一部は救われた。無力でもいいのだと、完璧を求められないことに安心した。

「……そうですね。おかげさまで、こめかみの血管がブチキレそうになりました」

自然と笑みがこぼれると、リュクシオルはこれでもかと隻眼《せきがん》を見開いた。

蠟《ろう》のようだった頬がほのかに上気している。口を数度ぱくつかせると、目にも留《と》まらぬ速さで後ずさり、勢いあまったのかカーテンを巻きこんで転倒した。

「…………あなた、〈楽師《カンタンテ》〉ではなく喜劇役者を目指しているのですか」

「はっはあー!? だれが喜劇役者だって！　喜劇役者というなら、お前の方だ。そのすさまじい音痴は、道化役《どうけやく》でこそ生かされるだろう！」

「さっきから音痴音痴って一つ覚えに、おまえの口は狂《くる》った九官鳥か！」

「なんだと、人生破滅型《はめつがた》音痴のくせに！　少しはプティ・エトワール様を見習え、まぁ見習ったところで……ハッ！　プティ・エトワール様には遠く及ばない、たかが知れるな」

「それ以上言ってごらんなさい、牛の肥溜《こえだ》めに突っこんでやるわよっ」

「だぁまらっしゃい！」

突如《とつじょ》降って湧いた怒号《どごう》に、二人は同時に飛び上がる。

恐《おそ》る恐る視線を向ければ、白衣の大男が仁王立《におうだ》ちしていた。見た目は気のいい熊のようにがたいがよく、なぜか両腕のこんもりと盛った上腕二頭筋《じょうわんにとうきん》を誇示《こじ》している。

「諸君《しょくん》、熱く燃える青春をしているようだね！　仲よきことは麗《うるわ》しきかな！　フンッハッ！　だがしかーしっ、患者《かんじゃ》の血圧を上げるような行いは慎《つつし》んでくれたまえ！　この熱血養護教官ドニの目が青いうちはっ、ハン！　患者の身と心を蝕《むしば》む病原菌は絶《た》ーつ！」

暑苦しいのはおまえだ、なぜいちいち筋肉を強調する。

イヴリーンは口を開いたが、まずはきらきらしく飛び散る汗を避ける必要があった。

（熱いというより暑いわ。わたくしに熱があったら確実に悪化しているわね）

げっそりしていると、養護教官がカーテンともつれているリュクシオルの首根っこを摑み、軽々と持ち上げた。その体格差は、熊が猫を捕獲《ほかく》しているようである。

「さらばだ！　君の血圧を上昇させる病原菌は連れて行くぞ、フーハッハハハ！　今日は医務室に泊まっていくといい。明日からはこれまで通り登校できるだろう、失礼！」

豪快《ごうかい》な歩幅《ほはば》で立ち去った一人――正しくは二人を見送り、そろりと首を伸ばす。

「……なんだか空気……数分前より湿っぽくないかしら……」

リュクシオルとの諍《いさか》いよりも、よっぽど気力を削《けず》り取られた気がした。

翌朝、イヴリーンは医務室で簡単に体を清《きよ》め、身なりを整える。

制服から寝衣に着せ替えたのは女教師だというが、騒ぎになっていないところを見ると、肌着の下に隠した証には気づかれていないようだ。

暑苦しい養護教官が持ってきた朝食を摂《と》って、いったん寄宿舎に戻った。

時間的余裕はないのだが、通楽鞄《つうがくかばん》が必要だったし、なにより確かめたいことがあった。

扉を押し開けば、中は真っ暗だ。なんの気配も感じられない。ごくりと喉を鳴らす。

「……ひばり？」

自分でも驚くほど、弱々しい声が鼓膜《こまく》を震《ふる》わせた。

慌《あわ》てて唇《くちびる》を引き結び、奥へと進む。部屋の中央に立ち、ぐるりと見回す。

ひばり用にあつらえた枕《まくら》が冷えきっている。どこを覗《のぞ》きこんでも、ひばりの姿はない。

「まさか、あのラー・シャイのせいで」

それ以上は、口に出すどころか想像するのも吐き気がした。

よろめいた拍子にテーブルにぶつかると、ひらりと白いなにかが絨毯《じゅうたん》に着地する。拾い上げて目を通してみれば、全身から力が抜けていく。

『さがしたー？　のろわれちゃえ』

古ムジカ語で綴《つづ》られた、やけに達筆《たっぴつ》な一文。イヴリーンは思いっきり顔をしかめた。

「な、なによ。紛《まぎ》らわしくてよ！　『ラー・シャイのせいで痛手を負ったから、影を癒《いや》すために療養中』まで書けないのかしら。なんて人騒がせな、心配なんてしてないけどっ」

置き手紙を握り潰《つぶ》しかけるも、皺を伸ばし、サイドテーブルの引き出しにしまいこむ。

（精霊は自尊心の塊だものね。傷ついた姿を見せたがるはずがなかったわ）

ホッと、胸元を押さえる。〈楽師《カンタンテ》〉の証に、気持ちが静まっていくのを感じた。

ひとしきり文句《もんく》をこぼしてから、目当ての通楽鞄を手に、高等部の楽舎に向かう。

道すがら楽内の様子を窺《うかが》えば、外観はほぼ元通りになっていた。

魔物が出没《しゅつぼつ》してから二日しか経っていないけれど、〈楽術《ネウマ》〉で補修したのだろう。

扉を取り外された教室をいくつか越えていくと、〈白羊級《ベリエ》〉が見えてくる。

今日は遅刻ギリギリだったので、イヴリーンが登校した頃には全員揃っていた。

眼鏡をかけ直し、肌に突き刺さる視線をかき分けて進む。平然と席につけば、近づいてくる人の気配がした。ただ鐘《かね》が鳴り響き、急いで着席する物音が続く。

ちらりと横目で確認してみると、近づいてきていたのは、いつぞやの無礼な男子生徒のようだった。礼拝堂での事件で突き飛ばした少年でもある。

(……また、わたくしに文句でも言いたかったのかしら)

それにしては敵意がなかったようにも感じたのだが、気のせいだろう。

魔物の一件で新たに浮上した疑惑《ぎわく》もあり、億劫な気分だった。

鐘に救われた気分でいると、時間に正確すぎるゴメスも現れ、朝礼がはじまった。

第3楽章♪今日が、人生で唯一の幸福な日。

大競演会《グラン・コンクール》まで一ヶ月を切った、寒さも厳《きび》しい雪月《じゅうにがつ》。朝でも夜中のように暗い。

登校中にすれ違《ちが》う生徒はみんな厚手のコートを着ていたが、イヴリーンは薄手《うすで》の制服のまま闊歩《かっぽ》する。楽院《がくいん》に魔物《まもの》が出没《しゅつぼつ》した日以来、ひばりは相変わらず姿を消していた。

(ひばりのことだから、これをいいことに引きこもっているだけよ)

ふぅと吐《は》き出した息は白く、曇天《どんてん》に吸いこまれていった。

そして朝礼。

〈楽術《ネウマ》〉のおかげで暖かい室内とは対照的に、冷気《れいき》をまとった教官が教壇《きょうだん》に立つ。

ダミアン・ゴメスは生徒を睥睨《へいげい》しながら端的《たんてき》に切り出した。

「三年に一度開かれる大競演会も差し迫《せま》っている。引き続き、気を締《し》めて取りかかれ」

「はいっ。教官、質問です!」

馬のしっぽのようにまとめた金髪を揺らし、すかさず挙手《きよしゆ》したのはザザだ。ミレイユと特に親しい女楽生《じよがくせい》の一人である。

目だけで起立《きりつ》を求められた彼女は前のめりで立ち上がった。

「詳細《しようさい》はどうなっているんですか？　審査員《しんさいん》は？」

「開催《かいさい》日時は二十八、二十九、三十日の三日間。高等部の日程だと初日は知力、二日目は体力、最終日は技能──〈楽師《カンタンテ》〉としての力量を試す。つまり心技体《しんぎたい》を競う大会と心得ておくがいい。高等部最高楽年《さいこうがくねん》以外、全員参加だ。姿を見なかった生徒は時計台から逆さ吊《づ》りにする。そして三十一日に行なわれる舞踏会《ぶとうかい》で、各楽舎《がくしや》から選出した三名の『プルミエ』を発表する予定だ。より細かなことはのちほど用紙を配るが、掲示板《けいじばん》にも貼《は》ってある。また審査員としてエトワール様と、国王陛下《へいか》ご一家を招待《しようたい》した」

「エトワール様が!?」

「きゃー！　今回は王子様も参加するのぉ!?　しかも舞踏会！」

「静粛《せいしゆく》に。審査員とは関係なく、様々な業界の著名人も賓客《ひんきやく》として訪《おとず》れる。プルミエに選ばれずとも腐《くさ》る必要はない、舞踏会で縁故《えんこ》を作るがいい。粗相《そそう》がないよう気をつけろ」

注意が飛ぼうと歓喜《かんき》に沸《わ》く中、イヴリーンはだらだらと冷や汗を流していた。

強制参加だなんて冗談《じようだん》じゃない！　しかも、ソンジャンテどころかヴァランタンまで列席するだなんて。まだ騒動《そうどう》は解決していないのに！

（こ、このままだと、音痴《おんち》になったことを報告していないのに、バレてしまうわ……）

知られたらどんな反応をされることか……想像しただけで身震《みぶる》いした。

（以前の歌声が戻らなくても、せめて『普通』にならないと！）

ヴァランタンの一件はいったん保留《ほりゅう》するとしても、変装《へんそう》だけでは、音痴はごまかせない。

いっそう音痴改善に励《はげ》むと決意しながら、朝礼は終わりを告《つ》げたのだ。


昼休み。医務室から復帰してからというもの、さりげなく話しかけられるようになった。

それまでは用があろうとなかろうと、同級生は無言や無関心を貫《つらぬ》いていたというのに、どんな心境の変化なのか。猜疑心《さいぎしん》が生まれたものの、イヴリーンも避《さ》けるのをやめた。

別に、親しくされているわけではない。確かに敵意は向けられなくなったが、物言いたげな空気はつきまとっている。腫《は》れ物《もの》に触《ふ》れるような扱いに変わっただけだ。

ただ以前と比べ、今の〈白羊級《ベリエ》〉の雰囲気《ふんいき》は明るい。数ヶ月前からは考えられなかった。

食堂までの道のりは同じなので、仕方なく同級生に紛《まぎ》れて歩いていると、コレットが他の女子生徒を急《せ》かしている。彼女もまた、ミレイユと仲のいい生徒の一人だ。

「早く行かないと、人気のバゲットが品切れしてしまうよ」

「だ、大丈夫だよ！　品切れする前に、並んでいる人間を、排除《はいじょ》すれば……」

「はいはい、ミレイユは落ち着いてね！　……そういえば、イヴリーン。アンタ、今日も薄着で登校してきたの？　正気？　被虐《ひぎゃく》精神の表れ？　見ているだけで寒いんだけど！」

「着ぶくれは醜《みにく》いです。そして被虐精神に満ちているのはあなたです」

ミレイユをなだめていたはずのザザから水を向けられ、イヴリーンは咄嗟《とっさ》に言い返す。

表情は変わっていないはずだが、心臓はばくばくいっている。

内心戸惑《とまど》っていると、コレットがおっとりとした口調で答えた。

「〈楽師《カンタンテ》〉としてこだわるところがおかしくないかな……そこまで堂々とされると断言できないけど……もうすぐ大競演会《グラン・コンクール》でしょう。喉を痛めるような風邪《かぜ》を引いてしまうよ」

「風邪より見てくれが最重要です。風邪は根性で治ります、治らない風邪は根性が足りないのです」

「……なんだろう、この想像以上に愉快《ゆかい》な回答……意外性に溢《あふ》れてるわー」

「そっそうだよ！　シラクさんはいい人――むぐっ」

ミレイユは別の女子生徒に口を塞《ふさ》がれ、そのまま話題が移っていく。

「今回は審査員に王子様が来るんだよね、超嬉しい！　完全追跡だわっ」

「あー、アンタって玉《たま》の輿《こし》狙《ねら》いだもんね……でも、王太子《おうたいし》様は売り切れでしょ。プティ・エトワール様がいるんだから。あー、許婚《いいなずけ》っていい響《ひび》きー！　庶民《しょみん》には夢のまた夢！」

ぎくり。イヴリーンは生きた心地がしなくなった。

その話題はやめてくれ！　思念《しねん》を飛ばすも、大変残念なことに盛り上がっていく。

「そうだ、そのプティ・エトワール様！　教官なーんも言ってなかったし、今回は来ないんだよね……三年前なら十三歳だったから仕方ないにしても、すごいがっかり。うちの兄貴ってさ、国王様付きの近衛隊《このえたい》に所属している副隊長なんだけど」

「近衛隊!?　国王様付きの近衛隊って、売れ残りな弟王子様が率《ひき》いている部隊よね？」

「そのとんでもない呼び名にびっくりー。まぁいいんだけど、その部隊だよ。プティ・エトワール様って噂《うわさ》通りの絶世《ぜっせい》の美女なんだって！　噂って当てにならないことが多いけど、これはホントだから。わたしが帰省《きせい》した時、いーっつも自慢《じまん》してくるのよ。羨《うらや》ましいけどうざい、讃美《さんび》方向の語彙《ごい》だけ増えていくのもうざい」

ケッと同級生の一人が吐き捨てる。

「〈楽師《カンタンテ》〉って、本当に貴賤《きせん》は関係ないのね。平民出でプティ・エトワールになって、美人で歌も上手で、慈愛深《じあいぶか》くて次期国王が婚約者で……って将来王妃《おうひ》様じゃん！　はーっ、生きてる次元が違うわー。わたしもイイ男を侍《はべ》らして生きてみたい……超見習いたい……」

「…………その不穏《ふおん》な願望は聞かなかったことにしておくね」

長大《ちょうだい》なテーブルが所狭《ところせま》しと並んだ食堂は、うんざりするほど人で溢《あふ》れている。

全校生徒が集まっても余《あま》りある規模なため、それほど窮屈《きゅうくつ》に感じないのが救いだ。

必死に献立をオススメしてくるミレイユを適当にいなしつつ頼み、これまたミレイユに引きずられるように適当な席に座った。

周囲には〈白羊級《ベリエ》〉の生徒ばかりだが、とっとと食べ終えれば自由になれる。王宮で出される料理には遠く及《およ》ばずとも、数ヶ月も暮らしていたら舌《した》が慣《な》れてきた。魚介《ぎょかい》のポタージュをすすっていると、性能のいい耳が反応する。

「……なぁ、プティ・エトワールが最近公務《こうむ》を放り出しているって噂、知ってるか？　王宮じゃここ数ヶ月、姿を見かけないらしいぜ」

「マジで？　じゃあ、今回審査員として参列しないのも……」

「真実味《しんじつみ》があるだろ。このまいなくなってくれた方がありがたいけど。プティ・エトワールの座が空位《くうい》になるわけだし」

「だなー。でもよ、俺たちの上に立っておいて怠慢《たいまん》っていうのも腹が立たね？」

真後ろのテーブルを陣取《じんど》る生徒たちが笑っていた。耳を澄《す》ませ、食事する手が止まる。

情報は驚《おどろ》くほど正確だ。宮廷《きゅうてい》に出仕《しゅつし》する貴族と繋《つな》がりでもあるのかもしれない。今日に限って胃が痛くなる話ばかり聞こえてくる。

（こんな時、ひばりがいたらいじくって遊べるのに……気が晴れるのに……）

ため息をつければ、そばから悲鳴《ひめい》が上がった。続けてど派手《はで》な物音が鳴り、振り返る。

いつの間に瞬間《しゅんかん》移動したのか。リュクシオルが見知らぬ男子たちに殴《なぐ》りかかっていた。

というかすでに殴っている、手の早いことだ。

「プティ・エトワールの仕事がどれほど大変か知らないくせに！　なにが怠慢だ、クソ食らえッ」

「な、なにすんだよ！　事実を言っただけだろ！」

「事実……事実だって？　お前たちの脳内だけの事実だろうがっ、今すぐプティ・エトワール様に土下座《どげざ》して詫《わ》びろ！」

食事に戻ろうと正面を向いた体を再びひねる。

普段の嫌味《いやみ》なほどの余裕をかなぐり捨てた悪鬼《あっき》の形相《ぎょうそう》に、怒りで震《ふる》えたかすれ声。

何度見直しても間違《まちが》いなくリュクシオル・ド・オリヴィエだ。

（な、なんでオリヴィエがわたくしを庇《かば》って怒っているの？　これこそ白昼夢《はくちゅうむ》？）

その細い腰にしがみついたり、腕にぶら下がったりと、彼の友人たちは死に物狂《ぐる》いで止めている。小柄《こがら》な体に似合わず、かなりの力持ちのようだ。

リュクシオルの口の端《はし》に血が滲《にじ》んでいる。肘鉄《ひじてつ》を受け、口内を切ったのだろう。

「そもそもっ世間《せけん》様に役立つことを一度でもしたことがあって言っているのか、あぁ⁉」

「リュ、リューク！　落ち着け、落ち着けって！　おまえらも火に油を注《そそ》ぐようなことを言うなってば！　タコ殴りにされたいのか、早く逃げろよっ」

「いってー！　くそ……覚えてろッ」

両頰《りょうほほ》を赤く腫らし、鼻を押さえた少年たちは食べかけのトレイを残して遁走《とんそう》する。

見事な負け犬の遠吠《とおぼ》えだ。

気づけば、このテーブルは孤立《こりつ》していた。押し黙《だま》る野次馬《やじうま》は好奇《こうき》に満ち、強烈《きょうれつ》な怒気《どき》を発散させるリュクシオルの一挙手一投足《いっきょしゅいっとうそく》を見守っている。

「オイ、なにやってんだよ⁉　今期に賭《か》けてたんだろーがっ。なのにこの時期に問題なんて起こしたら、審査に影響《えいきょう》が――」

「この程度《ていど》で影響が出るなら、元々資格がないだけのことだ。僕のことは構《かま》うな」

「リューク！」

つんとそっぽを向いたリュクシオルを咎《とが》める声が響いた時、人垣《ひとがき》が割れていく。

現《あらわ》れたのは我《われ》らが担任教官、ダミアン・ゴメスである。

「リュクシオル・ド・オリヴィエ」

鞭打《むちう》つような一声に、リュクシオルは挑戦的《ちょうせんてき》な眼差《まなざ》しで応《こた》え、傲然《ごうぜん》とこうべを反《そ》らす。

「申し開きを望むか」

「いいえ、教官」

「いい度胸《どきょう》だ、オリヴィエ」

ゴメスが笑みらしきものを浮かべた。凄惨《せいさん》すぎて、傍観者《ぼうかんしゃ》たちはますます静かになる。

「そうだ、事の顛末《てんまつ》などどうでもいい。過去でも未来でもなく、現在こそがすべて。……早退し、一週間頭を冷やせ」

「……わかりました」

大人しく頷《うなず》いたリュクシオルは食堂を出て行く。そのあとを追うように、ゴメスも黒衣《こくい》の裾《すそ》を翻《ひるがえ》して去った。二人の姿が消えて、ようやく食堂にざわめきが戻ってきた。

「はー……びっくりした。オリヴィエくんって、時々喧嘩《けんか》っ早《ぱや》くなるのよねぇ」

「そうそう。前に何度か謹慎処分《きんしんしょぶん》を食らった時も、プティ・エトワール様のことでケンカしたんじゃなかった？」

「………プティ・エトワール、様のことで、どうして彼が激昂《げっこう》するのですか」

迷いに迷った末、イヴリーンは思い切って訊《たず》ねてみた。すると、普通の声量に戻った同級生が「ああ」と目をぱちぱちさせる。イヴリーンから話しかけたことが意外らしい。

「なんでも、プティ・エトワール様に憧《あこが》れているとか……ほら、シラクさんも知らない？ プティ・エトワール様の偉大《いだい》なる功績《こうせき》の一つ、『オリヴィエの奇跡』！ そのことがあってから、家督《かとく》を放棄《ほうき》して〈楽師《カンタンテ》〉を目指したって噂だし」

「オリヴィエの、奇跡……ああ……六年前の騒動ですか」

どうりで家名に聞き覚えがあるはずだ。曖昧《あいまい》に相槌《あいづち》を打ち、視線を泳がせた。

プティ・エトワールと比較《ひかく》して怒ってきたのは、そんな因縁《いんねん》からなのか。納得とは裏腹にモヤモヤした。

（なんだ。あいつも所詮《しょせん》は普通の男なのね）

もうここにはない背中を求めるように、遠い出入り口を注視《ちゅうし》する。

なにも期待していない。あんないけすかない男に、そんな感情を抱《いだ》くわけがない。だというのに、思いもよらない方法で手ひどく裏切られたような気分だった。

プティ・エトワールはただの偶像《ぐうぞう》だ。イヴリーンの上《うわ》っ面《つら》しかない張りぼて。だから誰に羨み、妬《ねた》まれ、蔑《さげす》まれようと無関心を貫ける。

イヴリーンであってイヴリーンではないからだ。

おもねることを良しとせず、正しいと思うことだけやり、敵対するなら真《ま》っ向《こう》勝負。それがリュクシオル・ド・オリヴィエだったはずだ。それなのに。

（あいつの怒りは矛盾《むじゅん》しているわ。……本気で怒ってみたりしてバカみたい）

吐き捨てるように思う。そう、矛盾しているのだ。

〈楽師〉の誇《ほこ》りから、突っかかってきたのだと思っていた。イヴリーンに自覚はなかったが、音痴の〈楽師〉なんてふざけていると思うのは仕方のないことだ。

それと同じ理屈《りくつ》を、『プティ・エトワール』にも適用すべきである。

高貴な者には無私《むし》の務《つと》めを果たす義務《ぎむ》がある。それを果たさぬ者に、ああいった不満を抱くことは当然のことだ。先に手を出したリュクシオルが間違いなのだ。

幾度《いくど》も腹立たしい事実を突きつけられてきた。そのたびに発奮《はっぷん》し、リュクシオルの土下座を拝《おが》むために奔走《ほんそう》した。憎《にく》たらしいのに、今まで不思議ときらいではなかった。

（あんなオリヴィエは知らない……あんな姿、見たくなかった）

偶像に憧れる、ありふれた人間の姿なんて。きれいに完治《かんち》した利《き》き腕《うで》を摑《つか》む。

魔物に傷つけられたかのように、心臓がじくじくと痛んだ。

「だけどさ、オリヴィエくんってカッコイイよね！　一匹狼《おおかみ》っていうの？　侯爵《こうしやく》家のご令息《れいそく》だからか堂々としていて、品があって！　どこか影があるのもそそるし！　家督放棄していてもいいから愛人になりたい！　金持ちの家に入りこんだらこっちのものよっ」

「……クロエ、確実に財産目当てだよね？　前半は否定《ひてい》しないけどかわいそうすぎる。……そういえば、アンタの趣味《しゆみ》って毒草観察じゃなかった？　まさか殺す気？」

「あたしは財産いらないから遊ばれたい！　プティ・エトワール様みたいに一途《いちず》に、情熱的に想われたぁい！　オリヴィエくんに遊ばれるなら本望《ほんもう》だわ！」

「う、うん。それにオ、オリヴィエくんって、優しいよね。ま、前なんか、罵《ののし》りながら助けてくれたんだ！　運命感じちゃったっ」

「……ミレイユ。それ、アンタの幻聴《げんちよう》」

色めき立つ女子生徒たちに反し、男子生徒の表情はお葬式《そうしき》のように暗い。

「なあ、なんでリュークばっかり人気なんだ？　いいヤツだけどさ……納得いかねえ！」

「そりゃ、アルマン。普段冷たいヤツに優しくされると特別感があるんじゃねーの？」

「くっそー、顔面にも格差《かくさ》社会があるとか、世の中不公平すぎだろ……」

嘆《なげ》く同級生たちを尻目《しりめ》に、イヴリーンはきれいに食べ終えたトレイを片づけに行く。広い食堂に漂《ただよ》う妙《みょう》な興奮《こうふん》から、一刻も早く逃《のが》れたかった。

なにかを打ち払うように音痴矯正《きょうせい》に没頭《ぼっとう》し、リュクシオルの謹慎明けを控《ひか》えた頃。嵐の前の静けさだった楽院は賑《にぎ》やかさを取り戻していた。

フィデール宗派の最高司祭たるエトワールと国王一家が、一足早く楽院入りしたのだ。生徒も教師も全員、城門に集まっている。石畳《いしだたみ》を挟《はさ》むように整列し、王家の紋章《もんしょう》を織った旗を振りながら、箱馬車から降りて入城してきた一行《いっこう》を出迎《でむか》える。

「きゃー！　すてきぃいいい！」

「王子様ぁ、こっち見てぇー！」

両脇《りようわき》から黄色い声が上がり、きんきんと頭に響く。イヴリーンは耳を塞《ふさ》ぎながら、人垣の隙間《すきま》から一行を見守った。国王一家といっても王妃に、ソンジャンテ、ヴァランタンの三人だけである。数ヶ月ぶりに目にした姿は、一見する限り元気そうだ。

じっと眺《なが》めていると、こちらを向いたソンジャンテの新緑の瞳《ひとみ》が少し見開かれた。ぱっちり目も合っている。すると、ふっと目元が和《なご》んだ。

深まるソンジャンテの笑みに、悲鳴も高まる。彼は気後《きおく》れすることなく、にこやかに手を振り、みんなの声援《せいえん》に応えていた。そろそろ失神者《しっしんしゃ》が出るかもしれない。

(陛下は政務《せいむ》があるけど、最終日には来られるのかしら。それとも……わたくしのせい？)

優しすぎるきらいはあるが、公平な国王は人望がある。

イヴリーンの登用がなければ、反発する貴族だって出なかったはずだ。

全校生徒に見送られる中、一行は寄宿舎《きしゆくしや》の方に入っていく。四棟《とう》ある寄宿舎のうちの一棟、教職員用の寮《りよう》にある貴賓室《きひんしつ》で休むことになっていた。

その日の授業はすでに終わっていたので、出迎えが終わればすることはない。

寄宿舎に戻っても、やはりひばりはいない。狭苦《せまくる》しい二人部屋だったはずなのに、今は異様《いよう》に広く感じる。通楽鞄《つうがくかばん》をベッドに放り投げる途中で、テーブルに置かれた無地の封筒《ふうとう》に目が留《と》まる。登校する時にはなかったものだ。

「……不法侵入者《しんにゆうしや》？　それとも女子寮荒らしの変態か……」

警戒《けいかい》しながらつついてみたが、爆発はしなさそうだ。

それでも体から遠ざけつつ封《ふう》を切り――目を丸くする。

『ガマガエルはうるさく合唱中。プルミエの指名次第《しだい》、帰還《きかん》せよ。心積《づ》もりは二ヶ月以内』

見覚えのある、流れるような筆跡《ひつせき》。封蝋《ふうろう》も署名《しよめい》もないが、間違いない。これはソンジャンテからの手紙だ。ヴァランタンの様子は書かれていないが、大丈夫なのだろうか。

王宮を離れてから初めての連絡に、すぐさま火をつけて燃やす。

「あえて王宮の動きを探《さぐ》らないできたけど……本当に、大丈夫なのかしら」

ひばりがいれば探りに行かせられたが、今はいない。他の精霊も向こうから接触《せっしょく》をはかってこない限り、イヴリーンにはもう認識《にんしき》することもできない。もちろん貴族との繋がりもないので、八方塞《はっぽうふさ》がりだ。

（……肩書きのないわたくしは、本当に無力だわ）

自分がどれほど脆《もろ》い地盤《じばん》の上に立っていたのか思い知らされる。

結局、プティ・エトワールではない『ただのイヴリーン』など求められていないのだ。

「……真実を知ったら、あいつだってきっと……」

これまでは真実に気づいた時の顔を想像するだけで、爽快《そうかい》な気分を味わっていた。なのに、今はどうしてか恐《おそ》ろしくてたまらない。そう、あのリュクシオルだって——イヴリーンは瞼《まぶた》を下ろし、心の奥深くに鍵《かぎ》をかける。期待するだけ無駄《むだ》なのだから。

これまでは教師に協力を仰《あお》いでいたが、ミレイユが音痴矯正《おんちきょうせい》の手伝いを買って出るようになった。謹慎《きんしん》の明けたリュクシオルもたびたびからかってきたが、気紛《きまぐ》れに助言してくることもあった。「こいつ通り魔なの？」とよく思ったものである。

居心地《いごこち》の悪さを覚えながら、やっと『普通』まで評価が回復した。

歓喜《かんき》に沸《わ》いたのは誰であろう、さんざん付き合わせた眼鏡《めがね》の教師だった。

「あ、あの殺人的音痴が公害的《こうがいてき》音痴、さらに平均的《へいきんてき》音痴からよくぞここまで……！　じ、人類の進化の過程《かてい》を目撃《もくげき》しました……まさに奇跡……！　〈楽師《カンタンテ》〉！　〈楽師〉！」

どこぞの狂信者のごとき万歳三唱《ばんざいさんしょう》で、目の下の隈《くま》も怖《こわ》い。相当お疲《つか》れのご様子である。

そう、奇跡。この領域に至《いた》るまでの労苦は、血反吐《ちへど》を吐《は》く勢いだった。

いまだリュクシオルに土下座《どげざ》させる野望は叶《かな》っていないが、これでソンジャンテへの言い訳は立つだろう。あとは帰還《きかん》するまでの猶予《ゆうよ》期間中に、音感《おんかん》を取り戻せば問題ない。

もとよりプルミエに選ばれるつもりはないし、選ばれたら大変だ。参加を免《まぬが》れないのなら、今度こそ全力で適当に、凡人《ぼんじん》になりすますだけである。


ソンジャンテに微笑《ほほえ》まれた、やれヴァランタンに挨拶《あいさつ》された、舞踏会《ぶとうかい》用のドレスの発注はどうの。加熱していく同級生たちの話を聞き流しているうちに大競演会《グラン・コンクール》当日になった。

一大行事だと全校生徒が盛り上がるだけあり、楽内《がくない》の雰囲気も違う。主《おも》に内装が特別仕《し》様《よう》に変えられ、食堂の献立《こんだて》も豪華《ごうか》になり、花火が打ち上がったり、常《つね》にないことばかりだ。

初日の知力は、拍子《ひょうし》抜けするほど普通の筆記試験だ。

会場は入楽試験《にゅうがくしけん》の舞台でもあった、一番小さなオーブ劇場である。

用紙の枚数は軽く十枚を超えて、ただひたすらに答えを埋《う》めていく作業《さぎょう》を繰《く》り返す。

誰よりも早く書き終えたが、一番は少々目立ちすぎる。リュクシオル、見知らぬ男子生徒に女子生徒、ミレイユ……と提出しはじめたところで、イヴリーンもようやく出せた。

そして今日、大競演会《グラン・コンクール》二日目。

体力を試すはずだが、初日とは趣《おもむき》が異なるようだった。

（あれ、ムジカ石よね？　星型を描《えが》くように配置してあるわ）

広い校庭にはいくつもの透明な鉱石《こうせき》が置かれていた。巨大でわかりづらいが、五つの突起《とつき》を確認できる。五芒星《ごぼうせい》は五大元素《げんそ》に通じるので、行事ごとではよく使われる図形だ。

その五芒星を前に、高等部の生徒や教師が集まっている。

今日は他の楽舎《がくしゃ》からの教師もいるのか、見覚えのない顔が多い。

ざわめきの中、一人の教師が進み出る。

外面《そとづら》の凶悪《きょうあく》さでいろいろと損《そん》をしていそうな担任教官、ダミアン・ゴメスだ。

「〈楽師〉と〈詩人《バルド》〉の相互扶助《そうごふじょ》の関係を覚えているな」

前置きもなく切り出され、生徒は顔を見合わせる。

覚えていなかったら、それこそ時計台から逆《さか》さ吊《づ》りにされそうな迫力がこめられていた。

「本来〈楽師〉は〈詩人〉と二人一組《ツーマンセル》になるべきだ。しかし、慢性的《まんせいてき》な〈詩人〉不足の中、高等部は〈詩人〉志望が多い。よって二日目は二人一組で、課題を乗り越えてもらう」

「はい、先生！　質問です。それはどうやって決めるんですか？　優等生《ゆうとうせい》同士が組んだら勝ち目がないですよ」

「いい質問だ。公平を期《き》すため、これより成績順に二手《ふたて》に分けてくじ引きを行なう。……サリアン、タルデュ、箱を持って前に。今からサリアンが持つ箱からくじを引く生徒の名を呼ぶ。呼ばれた生徒は速《すみ》やかに動くように」

「はぁい。みなさぁん、あたくしの前にちゃんと並んでね～？　並ばなかったらぁん、おしおきしちゃうわよぉ」

無駄に色っぽく手を振るのは、『火』を担当している女教師だ。鼻の下を伸《の》ばす男子生徒を横目に、ゴメスは次々と指名していく。そこにはイヴリーンの名前もあった。

振り分けが終わり、くじも引いてからあることに気づく。意外と試験では絶好調《ぜっこうちょう》なミレイユと、優等生と評判《ひょうばん》のリュクシオルは名前を呼ばれなかったのだ。

(どういうことなの。まさか、名前を呼ばれたのは劣等生《れっとうせい》ってこと……!?)

はずれかけた顎《あご》を元に戻し、イヴリーンは憤然《ふんぜん》と抗議《こうぎ》した。

「教官、お待ちください。わたしの成績が低いということですか、その目は節穴《ふしあな》ですか」

「シラクか。筆記は満点でも、実技《じつぎ》が難点《なんてん》だ。近頃はマシだが、挽回《ばんかい》するには足りない」

ここでも音痴のせいかーっ！

くじを握《にぎ》り潰《つぶ》した拳《こぶし》を叩《たた》きつけそうになったが、同級生によって押さえこまれる。

その隙《すき》に、教師陣《じん》はさっさと五つある突起に整列した。

彼らがいっせいに歌うとムジカ石が光り、目を疑うような物体の輪郭《りんかく》が浮かび上がる。

「く、空中庭園⁉　しんっじらんない、どうなってんの⁉」

「これが一人前と認められた〈楽師《カンタンテ》〉の力なのか……半端《はんぱ》ねえ……」

大抵の物事には動じないイヴリーンも目を瞠《みは》る。空中庭園——言《い》い得《え》て妙《みょう》だ。もしくは小さな森林が浮いている、とたとえてもいいかもしれない。

ムジカ石の配置と違い、空中庭園にはへこみが見当たらない。いまだ多くの謎を秘めたムジカ石と教師陣の歌声が呼応《こおう》し、五角形《ごかっけい》に模《かたど》られた空中庭園の質感がはっきりとしていく。

やがて余韻《よいん》を残して歌い終わると、教師の大半《たいはん》はへたりこんだ。

青息吐息《あおいきといき》の情けない姿でも、神秘の目撃者となった生徒たちは万雷《ばんらい》の拍手《はくしゅ》を送る。

なぜ他の楽舎の教師も揃《そろ》っていたのか、その理由は明白《めいはく》だった。

この浮遊物《ふゆうぶつ》を生み出すためには、それだけの〈楽師〉が必要だったのだろう。

数少ない立っている教師の一人、ゴメスがよく通る声で続ける。

「内部は迷路になっている。つまり、二日目で試されるのは体力だけではない。いかに効率よく加点《かてん》を重ねながら、制限時間内に目的地に到達《とうたつ》できるか——協調性に応用力、機転や発想力なども重視される。初日の知力で思うように結果を出せなかった者は、今日に賭《か》けるとよいだろう。迷路の中には加点材料となる仕掛《しか》けをいくつも設置してある。また各箇所《かしょ》に配置した監視員《かんしいん》の判定や、ムジカ石に投影《とうえい》させた中の様子次第《しだい》で加点は増えていく仕組みだ。安全性は保証するが、下手《へた》な小細工《こざいく》は一切通用しないと思え」

「はい！　質問があります。あの、他の組の邪魔《じゃま》ってしてもいいんですか？」

「無論構《むろんかま》わない、それも含《ふく》めて審査《しんさ》される。ただし生死に関わる妨害《ぼうがい》は禁《きん》ずる。重大な違《い》反《はん》を犯《おか》した者は、〈楽術《ネウマ》〉を封《ふう》じたうえで即刻退楽《たいがく》させるので覚悟《かくご》しておけ」

脅《おど》しとは思えない声色《こわいろ》に、近くの生徒が震《ふる》え上がった。

「半人前の〈楽師《カンタンテ》〉どもよ、きびきびと難所《なんしょ》を乗り越えろ。この程度の壁を飛び越せない者は、プルミエの称号《しょうごう》以前に〈楽師〉としてもふさわしくない。では、健闘《けんとう》を祈《いの》る」

空中迷路の入り口は五つあり、決められた枠組《わくぐ》みごとに五組ずつ出発していくらしい。最終楽年《さいしゅうがくねん》の三年を除《のぞ》いた、高等部の生徒数は九十人。四十五組に分けられ、「九枠で終わるのね」と計算できるのだが……

(これが相手じゃ、先が見えていてよ。最後にゴールだけは避《さ》けたいものだけど)

隣《となり》に座る男子生徒を横目で窺《うかが》い、そっとため息をつく。

腕章《わんしょう》の色は赤。同級ではないが、見覚えはあるので同じ楽年だろう。が、反応は鈍《にぶ》い。

(まさかあのオリヴィエも同じ枠だなんて、運が悪いとしか言いようがないわ)

リュクシオルはいけすかないが、その実力に認める部分があることは否定《ひてい》できない。

イヴリーンたちは最終枠の九番目に出発する組だ。

今は六枠目の五組が試練《しれん》に挑《いど》んでいる最中で、先はまだまだ長い。

待機室《たいきしつ》には四角く切り出した、五つのムジカ石が飾られていた。

イヴリーンはそれぞれ違う映像を流す巨大画面の一つを見上げる。

「……まさか、普段の不運さは演技……？」

「あ、ミレイユ？　昔っから本番には強いのよねー、本番には。ね、オリヴィエくん」

「あ？　ああ……そうだな。でなければ、高等部まで進級できないだろう」

七枠目のザザに返すと、リュクシオルも同じ画面を眺《なが》めた。

そこには組んでいる相手の首根《くびね》っこを引っつかみ、爆走するミレイユが映っていた。

「……相手、死にそうですね」

「すでに魂《たましい》の半分は抜け出している青さだな。マルソーの場合、追《お》い詰《つ》められると周りに被害がいくんだ。まだまだ序《じょ》の口《くち》だぞ、相手の悪運が強いことを祈るしかない」

はた迷惑《めいわく》な暴走馬車のようである。そこで、ハッとした。

（な、なに普通に受け答えしているのわたくし！　こいつなんてどうもいいわ）

リュクシオルも、その他大勢《おおぜい》と同じだった。気を引きしめて取りかからなければ。

そうこうしているうちに八枠目も終わり、イヴリーンたちの番が回ってきた。

迷宮の入り口で合図《あいず》を待てば、やがて、閉ざされていた扉《とびら》が動きはじめる。

完全に開かれた時、巨大画面で流れたどの風景とも違う光景が広がっていた。鬱蒼《うっそう》とした木々の天井《てんじょう》に、奥まで石壁《いしかべ》が続いている。密林と地下道が融合《ゆうごう》した、奇妙《きみょう》な空間だ。中に入った瞬間《しゅんかん》、背後で音を立てて扉が閉まる。

「わかっていましたが、やはり枠ごとに作り変えられていますね。傾向《けいこう》と対策を練《ね》らせないためとはいえ、随分《ずいぶん》と手がこんだマネをするものです」

「あ、ああ……制限時間って、一時間……だっけ？　地図もないし、どうする？」

扉の開閉音にびくついていた男子生徒が訊《たず》ねてくる。

これみよがしに顔をしかめてやりたくなったが、イヴリーンは努《つと》めて淡々《たんたん》と答えた。

「とりあえず、歩きましょう。立ち止まっていても、制限時間を超過《ちょうか》するだけです」

「そ、そうだな」

何度も頷《うなず》く姿は、本当に理解しているのか怪《あや》しい。大競演会《グラン・コンクール》の空気に萎縮《いしゅく》している。こんな輩《やから》より成績が下だと思うと腸《はらわた》が煮《に》えくり返りそうだ。

（……これじゃあ、マルソーが相手だった方がまだよかったかもしれないわ）

ため息をつく寸前《すんぜん》に呑《の》みこんで、先頭を切って歩き出す。男子生徒も遅れてついてきたが、なにをするにもイヴリーンを窺《うかが》い、しまいには障害物の始末《しまつ》を押しつけてきた。

プルミエになる気はない。けれど、この程度の迷路を踏破《とうは》できないのは矜持《きょうじ》に関わる。だから仕方なく歌っていたが、喉《のど》の痛みと共にイライラが増してきた。

（コンの腰抜け野郎！　って罵《ののし》ったところで、だれもわたくしを責めないと思うのよね）

これは二人一組《ツーマンセル》の試験だ、イヴリーンだけで挑んでは意味がない。

なので怯《ひる》む男子生徒をたきつけ、襲《おそ》ってきた巨大植物を炎上させて先を急ぐ。

時々流れる放送が残り時間を告げてくる。残り三十分、という事務的な声に「まだ半分しか経っていないなんて」と、イヴリーンは徒労感《とろうかん》を覚えた。

こうなったら加点を無視してとっとと終わらせるしかない、と決意を固めた時だ。

向かいの通路から見慣れた顔が現れる。

二人はイヴリーンたちに気づくことなく口論《こうろん》していた。腕章の色が紫の男子生徒は記憶《きおく》にないが、もう一人。白い頬《ほほ》を上気させ、リュクシオルが柳眉《りゅうび》を逆立《さかだ》てている。

「おい、あんな卑怯《ひきょう》な手を使うのはやめろ。僕はもう、一切関与《かんよ》しないからな！」

「卑怯？　なーに言ってんだよ、この優等生様は。あの鬼教官だって言ってたじゃねーか、妨害してもいいってよ」

「だからといって、こんな形で加点されても僕は喜べない。二人一組《ツーマンセル》だということを忘れるな、一人で突っ走るんじゃない」

「それ、余裕があるからこそ言える奇麗《きれい》ごとだよなー？　ホント、これだから優等生は気に入らねーぜ。……お、いいところに」

正面を向いた男子生徒の目がイヴリーンたちを捉《とら》え、下卑《げび》た笑みを浮かべた。

その視線の先を追ったリュクシオルは隻眼《せきがん》を丸くし、険《けわ》しい顔つきになる。

「へへ……終わるまで寝ててもらうぜ！」

「ビドー、やめろと言っているだろうっ」

「うるせー、優等生様は引っこんでな！　邪魔くさいんだよっ」

制しようとしたリュクシオルが勢いよく石壁に叩きつけられる。聞こえた呻《うめ》き声に、イヴリーンは思わず口許《くちもと》を押さえた。踏《ふ》み出しかけた足をとどめ、肩で息をする。

（オ、オリヴィエがどんな目に遭《あ》おうがわたくしの知ったことではないわ）

早く立ち去るのが正しい選択《せんたく》だと思うのに足が動かない。

男子生徒が口にしているのは、眠りに誘《さそ》う詩。攻撃的な『火』に対し、『水』は防衛的《ぼうえいてき》だ。沈静化《ちんせいか》させる作用があるため、『水』の〈楽師《カンタンテ》〉は治癒《ちゆ》に特化《とっか》した者が多い。

このまま聴《き》いていたら眠らされてしまう、と悟《さと》り、懐《ふところ》からバングルを取り出す。

怪しまれる危険性はあったが、なにが起きるかわからない。

もしもの用心として、慣れ親しんだ武器を寮《りょう》から持ち出したのである。

「──燃ゆる雙翼《そうよく》　至高《いとたか》き羽ばたき　妙《たえ》なる羽音《はおと》で焼き払え」

手首にはめたバングルを鳴らし、声高に歌う。

『火』も穢《けが》れを浄化《じょうか》する力を持つので、効果はあるはずだ。

イヴリーンたちに喰《く》らいつこうと顎《あぎと》を開けた水龍《すいりゅう》と、甲高《かんだか》く鳴いた火鳥が激突《げきとつ》する。

競《せ》り合っていた力は音を立てて蒸発《じょうはつ》し、爆音が轟《とどろ》いた。

「きゃっ!?」

迷路全体が揺《ゆ》れたかと危惧《きぐ》するほどの衝撃波《しょうげきは》。

同時に発生した大暴風に気圧《けお》され、イヴリーンはなすすべもなく転がった。

みしみしと、なにかが軋《きし》んでいる。土煙《つちけむり》で、視界がおぼつかない。

よろめきながら立ち上がった時、遙《はる》か頭上《ずじょう》から糸を断ち切るような音が降ってきた。


「シラクッ!!」


え？　疑問を挟《はさ》む隙もなく、切羽詰《せっぱつ》まった叫びが鼓膜《こまく》を震わせた。

次いでぶつかってきたなにかが、問答無用《もんどうむよう》でイヴリーンを抱きしめてくる。

どこか覚えのある、凛《りん》と甘やかな匂《にお》い。一瞬で、頭に血がのぼる。

咄嗟《とっさ》に突っぱねようとしたが、ますます体は密着していく。懸命《けんめい》に押しつけられる胸板の頼もしさに、奇妙な安心感を覚えてしまう自分が信じられない。

そのまま背中から倒れこみ、イヴリーンはむせた。圧《の》しかかってくる重みを全身で受け止めたまま、地響《じひび》きが静まるのを待つ。やがて辺りに立ちこめていた靄《もや》も晴れていき――愕然《がくぜん》とする。天井として機能していた大木の枝が通路を塞《ふさ》ぎ、石壁は崩壊《ほうかい》していた。

「こ、れは……いったい……」

それ以上、意味のある音を上手《うま》く発せられない。

滴《したた》り落ちた冷たいしずくが、涙のようにイヴリーンの頬を伝っていく。

乱れた前髪から覗《のぞ》く金目。その目色は記憶に揺さぶりをかけてきたが、眇《すが》められた黒瑪瑙《オニキス》の隻眼は苦痛に濡《ぬ》れている。歯を食いしばった形相《ぎょうそう》に普段の余裕は見る影もない。

当然だ、なぜなら……

「オリヴィエ、おまえ……その、足……」

覆《おお》いかぶさっている影の正体は、リュクシオルだった。

ただ、いつものような軽口を叩けそうにない。リュクシオルの足が瓦礫《がれき》に挟まれている。

もし彼に突き飛ばされていなかったら、下敷《したじ》きになっていたのはイヴリーンだったろう。

ぞっとしながら這《は》い出すと、かろうじて両腕《りょううで》で支えられていた上体が崩《くず》れ落ちる。

「オ、オレは知らねー！　オレは知らねーからな、こんなの不可抗力《ふかこうりょく》だ！」

そんなことを喚《わめ》き、元凶《げんきょう》である男子生徒は駆《か》け出した。

イヴリーンの相手の姿も見当たらない。逃げ足だけは一人前である。イヴリーンを助けたところで、利益《りえき》なんて一つもない。不利益だらけだ。つまり、リュクシオルは――

（打算もなく、わたくしを――プティ・エトワールではないわたくしを助けたというの）

プティ・エトワールという偶像《ぐうぞう》に人生を懸《か》けている、このリュクシオルが？

立ち尽《つ》くしていると、突《つ》っ伏《ぷ》したままのリュクシオルがかすれ声で話しかけてくる。

「は、やく、相方を追え。このままだと、失格《しっかく》になるぞ」

「な、にを言って……」

「僕のことは、捨て置け。……妨害工作に手を貸した罰《ばち》が……当たっただけ、だ。気の進まないことを、やるものじゃ、ない……な。ゴールに着いたら、あの暑苦しい養護《ようご》教官を派遣《はけん》してもらえると……助かる」

口許に弱気な笑みを薄く刷《は》き、荒々しい呼気《こき》をつく。

まるで理解できなかった。こいつはいったい、なにを言っているのだろう？

「……あなた、バカでしょう。いいえ、バカに決まっていてよ。バカでなければ、空前絶《くうぜんぜつ》後《ご》のうつけ者に違いないわ」

「………お前の悪態《あくたい》に言い返してやる元気はないんだが……」

「プルミエに選ばれたいのでしょう！　なによ、奇麗ごとを言っている場合!?　バカじゃないの、バカじゃないの！」

口調《くちょう》を取《と》り繕《つくろ》うことも忘れて非難する。

しかし耳朶《じだ》を打つ自身の声が思いのほか震えていて、下唇《したくちびる》を噛《か》んだ。

(騎士道《きしどう》精神の表れだとでも？　こんなバカげた挺身行為《ていしんこうい》、だれが感謝するものかっ)

庇《かば》われた人間の気持ちを度外視した大バカ野郎だ。あまりの腹立たしさに見捨ててやろうかとも思ったが、イヴリーンは結局しゃがみこんだ。

再び鈴を鳴らし、静かに開口《かいこう》する。紡《つむ》ぎ出すのは詩ではなく、ただの音。


「――――、――――……」


イヴリーンの歌に呼応し、瓦礫がことことと物音を立てる。そして、きわめてゆっくりと持ち上げられていく。隙間ができたのを見計《みはか》らい、リュクシオルの両腕を摑《つか》む。

「お、まえは、本当に、やること！　なすこと、わたくしの神経に障《さわ》るっ、わ。今からでも赤子から、人生をやり直す、べき、よ……っ」

「シラク……お前……」

瞠目《どうもく》したリュクシオルが何事か呟《つぶや》いている。

亀裂《きれつ》から引っ張り出した勢いで、イヴリーンは引っくり返ってしまった。二人してころんと転がった瞬間、浮き上がっていた瓦礫が元の位置におさまる。

息を整える暇《ひま》なく、すぐさま起き上がったイヴリーンは目線を落とす。

リュクシオルの足――特に軸足《じくあし》がひどいことになっていた。だらだらと、とめどなく血液が流れていく。突き刺《さ》さった破片《はへん》によって皮膚《ひふ》が裂《さ》けているのだ。

こんな状態でよく強がれたものだと、呆《あき》れを通り越していっそ感服《かんぷく》する。

「リュクシオル・ド・オリヴィエッ」

腹の底から声を出すと、リュクシオルは大げさに身を引く。破片を抜こうとした手を止めて、イヴリーンを仰ぎ見た。

「出血多量で死にたいなら、その破片を取り除くがいい。生きたいならば、そのままお立ちなさい。養護教官が必要なら、自分の足で呼びに行くがよろしいわ！　わたくしを安い使い走りと思わないでいただける⁉」

「む、無茶苦茶《むちゃくちゃ》なことを言うな」

「無茶？　まさか、お前のような大うつけから聞ける言葉とは思わなかったわ」

鼻先で笑ってやると、リュクシオルは額《ひたい》に脂汗《あぶらあせ》を滲《にじ》ませながらもかちんときたようだ。

「いい、わたくしは感謝なんてしなくてよ。ええ、感謝なんてするものですか。おまえが勝手にやったこと、そう。おまえの言葉を借りれば自業自得《じごうじとく》、当然の報《むく》いだわ！　浅はかな人間にはぴったりな結末よ」

「……お前なぁ……」

「勝手に庇って、勝手に大怪我《おおけが》して、勝手に自省《じせい》して、勝手に結論づけて……おまえなんて、おまえなんて――大きらい！　瓦礫の角に脛《すね》でもぶつけてしまえっ」

興奮のあまり視界がかすみはじめた。全身を使って息をし、リュクシオルを睨《にら》みつける。義侠心《ぎきょうしん》が強い人間にとっては、特別でもなんでもない行為なのかもしれない。

だが、イヴリーンにとってはそうではなかった。

今はプティ・エトワールではない、なんの価値も肩書《かたが》きもないただの楽生《がくせい》なのに！

彼は崩落《ほうらく》していない石壁に手をつき、普段からは考えられない緩慢《かんまん》な動きで中腰になる。

血の気の失《う》せた頬をゆがめ、焦点《しょうてん》の合わない片目は虚《うつ》ろにさまよっていた。

しかしイヴリーンと視線が絡《から》んだ瞬間——鮮《あざ》やかなまでの意志の光が灯《とも》される。

一瞬、声が詰まるほど優しく笑う。

「……見た目はひどいが——まぁ痛みも見た目通りだが、大丈夫だ。だから、泣くな」

「足どころか目まで悪くなったようね。ああ、目は元々悪かったのかしら？　怪我人を放置しておけるほど冷酷《れいこく》なわたくしが、泣くはずがないわ。おまえなんかのために、だれが泣くものか！　思い上がるなっ」

乱暴に目元《めもと》をぬぐったイヴリーンは噛みついた。

傷つくわけがない。こんな大バカ野郎の言動一つで心は動かない。

誰にどう思われようと構わない、それがイヴリーンのはずだった。なのに……

（どうして、こんなに胸が痛むの）

この大バカ野郎に薄情《はくじょう》な人間だと思われればいいだけなのに。胸元《むなもと》に片手を添《そ》えれば、硬《かた》い感触《かんしょく》が触《ふ》れる。いつもはこれで落ち着くのに、今は苦しくて苦しくて仕方がない。

リュクシオルは目を丸くすると、咳《せ》きこんだ。声色《こわいろ》の端々《はしばし》に慚愧《ざんき》が滲む。

「僕は……違う。ただ、お前が……シラクが努力してきたのを、知っている。今も監視員が……見ているのかも、しれないが……非《ひ》がなくても、このままではお前まで失格《しっかく》になる可能性……は高い。僕が、失格になるのは当然だとして、も……とばっちりを受けたお前が、そんな危険を背負《せお》う必要はないと、ただ──僕は、思っただけで……すまない」

「お得意のお門違《かどちが》いな謝罪なら結構よ、黙《だま》って歩くがよろしいわ」

「…………僕はまた、無神経《むしんけい》なことを言ったよう、だな……ほん、とうに傷つける、つもりはなかったん……だ、が……ぐっ」

ひとり先を行くイヴリーンだったが、漏《も》れ聞こえた呻き声に振り返る。壁にほとんど寄りかかるように動かしていた足がもつれ、リュクシオルはたたらを踏んでいた。

思わず伸ばした両腕で抱き止めれば、熱い吐息が首筋に降りかかる。細身で小柄《こがら》な方でも男の体は重い。胸を撫《な》で下ろしてから、ハッと我《われ》に返った。

(わ、わたくし、なんでこいつを支えてやっているの⁉)

リュクシオルの無駄《むだ》な奮闘《ふんとう》を横でせせら笑ってやるつもりだったのに、これでは予定と違う。人知れず焦《あせ》っていると、両腕の重みが増す。気を失ったのだ。

重みに耐《た》えきれなくなったイヴリーンは尻餅《しりもち》をつく。

無傷の通路まで引き返していたので、リュクシオルをそのまま転がしてみる。

青白かった頬に赤みが差していても、生気《せいき》が戻ったとは言いがたい。

「……………熱があるわね」

銀灰色《ぎんかいしょく》の前髪をどかし、額に手をかざしただけですぐわかった。

イヴリーンの視線は傷口と寝顔を行ったり来たりする。

眠りに落ちている間まで気難《きむずか》しい面構《つらがま》えで、苦しげに眉根《まゆね》を寄せていた。

リュクシオルが気に入らないのは間違いない。何度目かの逡巡《しゅんじゅん》を繰り返したのち、イヴリーンは傷口に食いこむ破片を摘出《てきしゅつ》した。

「……うぅ……っ」

「別に、おまえのためではないんだから。貸し借りを作った状態が気持ち悪いからやるだけなんだからねっ、勘違《かんちが》いしないでちょうだいよ！」

意識のない相手に言い訳しながら瞼《まぶた》を下ろし、バングルの小鈴《こすず》を打ち鳴らす。

（『木』を操《あやつ》れば、わたくしの生気を分け与えられるわ）

『水』と同じく、生命の象徴《しょうちょう》である『木』も治療《ちりょう》に適した属性だ。

人間が持つ自然治癒力を強引《ごういん》に高めるだけだが充分だろう。自身の生気が光の玉となり、傷口に吸いこまれていく情景を思い描く。傷口に両手を添え、喉を震わせる。

「――めぐりめぐれ　糧《かて》は光となりて　めぐりめぐれ　芽吹《めぶ》く百花のごとく」

刹那《せつな》、瞼の裏が灼《や》かれた。目を開ければ、掌《てのひら》から溢《あふ》れた光の粒子《りゅうし》が傷口に注《そそ》がれている。

治療が終われば、疲労感《ひろうかん》がどっと押し寄せてくる。何度も〈楽術《ネウマ》〉を行使《こうし》した余波《よは》だ。〈単純な〈楽術〉じゃないから、余計に体力が削《けず》られている気がする、わ〉

傷口が塞がったのを確認し、石畳《いしだたみ》に手をつく。

やがてリュクシオルの肌に落ちる睫毛《まつげ》の影が震えた。意識が浮上しつつあるのだろう。逆にイヴリーンは自身の体を支えきれなくなる。

けぶるようにあらわとなっていく黒々とした虹彩《こうさい》を見つめたまま、イヴリーンは前のめりで倒れこむ。素《す》っ頓狂《とんきょう》な声が聞こえてくるも、返事をするより早く意識が途《と》切《ぎ》れた。

「兄上、あくびをするならわからないようにやっていただきたい。余興《よきょう》の最中といえど、国民に示しがつかない」

オーブ劇場の舞台を眺《なが》めていたはずの弟が小声で咎《とが》めてきた。

ソンジャンテは申しわけ程度に口許《くちもと》を隠《かく》してからにっこりと笑う。

「ああ、ヴァラン。ごめんよ、根が素直《すなお》なものだから隠せませんでした」

「……兄上が素直なら、この世に腹黒は存在しないという統計《とうけい》になる」

「おや、これは一本取られた。……ですが、今のところ五十歩百歩といったところではないですか。エスティのような才気溢《さいきあふ》れる〈楽師《カンタンテ》〉には出逢《であ》えそうにないですね」

「殿下《でんか》、婚約者のノロケなら帰ってから願おう」

ソンジャンテの正直すぎる感想に、女騎士然《おんなきしぜん》とした当代エトワールが呆《あき》れ返《かえ》った。

聖フィデール楽院《がくいん》を挙《あ》げての一大行事、三年に一度の大競演会《グラン・コンクール》も佳境《かきょう》に差しかかっている。審査員《しんさいん》として招待《しょうたい》されたものの、なにもすべての試練を見るわけではない。

初等部では初日、中等部では二日目、高等部では最終日に行なわれる技能の試練だけ審査することになっていた。今日がその最終日。件《くだん》の婚約者――エルネスティーヌは高等部に潜入《せんにゅう》しているため、そろそろ出番が回ってきてもいい頃だ。

報告を受けずとも、ソンジャンテはエルネスティーヌがどの楽舎《がくしゃ》に編入《へんにゅう》したか知っていた。もちろん下手《へた》に捜《さが》せば足がつく可能性があるので、独自の情報網《じょうほうもう》は使っていない。

なぜか『とんでもない音痴《おんち》』ということになっていたものの、〈楽師〉は注目度が高い。楽院に出現した魔物《まもの》に関しては、一部の高官しか把握《はあく》していないが、常《つね》にないことが起きれば必ず話題にのぼる。その情報に価値を見出《みいだ》せない者からすれば退屈《たいくつ》しのぎにすぎなくても、聞く者が聴《き》けば、王宮の噂話《うわさばなし》は金脈《きんみやく》そのものだ。

（あのエスティが、目立たずに試験を終えられるわけがありませんからね）

目立つな、という指示が無視されることくらい、想定の範囲内《はんいない》である。

――そう。期待通り、彼女は目立ってくれた。

ふふふ。喉《のど》を鳴らして笑うと、父王が困ったように眉尻《まゆじり》を下げた。

「これ、ジャン。特定の人間と比《くら》べてはならぬという教えを忘れたのか。その考え方は妬《ねた》みに繋《つな》がり、幸福から遠ざかる最たる要因《よういん》なるぞ」

「父上の御言葉はいちいちもっともですが、寝ても覚めてもエスティのことを考えてしまうのです。夢の中では……おっと、これは俺だけのエスティでした。どうかご容赦《ようしゃ》を」

「……妃《きさき》よ、我が息子は誰に似たのであろうか……羞恥心《しゅうちしん》の欠片《かけら》もないぞ。もう少し慎《つつし》みを持っても罰《ばち》は当たらなかろう」

「それはフレデリック、あなたに決まっておりますよ。昔のあなたの口説《くど》き文句《もんく》を、今のあなたに聞かせて差し上げたいものです。『そなたが欠《か》けた人生は太陽のない地上のようだ』と、先代の両陛下《へいか》の前で仰《おつしや》ったのをお忘れですか。何度も噛《か》みながらも一生懸命で、顔を真っ赤にしたあなたに、わたくしは恋をしたんですもの。あの時のあなたは本当にかわいらしかった。もちろん今も素敵ですよ、愛《いと》しいあなた」

「うぉおおお！　油断していたところにとんでもない爆撃《ばくげき》を仕掛《しか》けてきおったな、余は驚《おどろ》いた！　ジャンはそなたの血を継《つ》いでおる、間違いない！」

頬《ほほ》を赤らめた母がどさくさに紛《まぎ》れてノロケれば、父はあたふたと頭を抱《かか》える。仲睦《なかむつ》まじい国王夫妻は国民の規範《きはん》となるにふさわしい姿だろう。笑みを深めて、横目で弟を窺《うかが》う。

王宮に魔物が出現した一件以来《いらい》、弟の様子はおかしかった。

エルネスティーヌの話題になると常軌《じょうき》を逸《いっ》した目つきになることが多い。そういう時の発言は決まって過激《かげき》だ。理知的《りちてき》であろうと努《つと》める弟にしては、らしくない失態である。

王宮だけでなく、楽院にも出没《しゅつぼつ》した、前例のない特殊《とくしゅ》な魔物。

その魔物に手傷を負わされてから、おかしな言動を繰《く》り返すようになった弟。

すべての起点《きてん》は、ラー・シャイの魔物にある。

(表舞台に引きずり出す準備は整った。ちょうどいい頃合いですかね)

お膳《ぜん》立《だ》てはすんだ。そのための極上《ごくじょう》の餌《えさ》が、エルネスティーヌだ。

少し餌をチラつかせただけで楽院まで追いかけるなど、魔物の狙《ねら》いが彼女にあると自白しているもの。その意図《いと》はわからずとも、この大競演会《グラン・コンクール》は実にいい隠れ蓑《みの》だ。

怪《あや》しまれることなく、穏便《おんびん》に、エトワールだけでなく弟をも連れこめる。それも国民に被害を出さず、魔物の狙いを楽院に集中させることができる。

少々荒療治《あらりょうじ》だが、無事片をつけられれば、文句だけは一人前の貴族たちも封殺《ふうさつ》できるのだ。これぞ一石四鳥《いっせきよんちょう》だ。

一石四鳥——鳥といえば、大競演会のために楽院入りした日の夜を思い返す。

自慢《じまん》の毛並《けな》みを逆立たせて現れたひばりは、どこか神経質になっているようだった。

『ホント、王太子《おうたいし》って悪趣味《あくしゅみ》だねー。どこからどこまでが、きみの掌《てのひら》の上なのかなぁ？』

『心外ですね。発端《ほったん》は俺にありますが、父上も一枚噛んでいるというのに』

『おれはヒトの思惑《おもわく》なんてどーでもいいけど、一つ忠告してあげる！　……ただの魔物だと思って侮《あなど》ると、痛い目に遭《あ》うよ。それだけ。最高司祭《さいこうしさい》にも伝えとけばー？』

おや、と眉宇《びう》を開く。このひばりが、彼女以外に助言をするなど初めてではないだろうか？　特に自分など、嫌われているとばかり。

『謀《はかりごと》は、俺だけの持ち物ではありませんからね。肝《きも》に銘《めい》じておきましょう。……やはり、精霊さまと愚鈍《ぐどん》なヒトを、比べないでほしいよねぇ！　わかるに決まってるじゃん！　音の異変に気づいていましたか。エスティの見解をお聴きしても？』

『……あの子は、気づいても気づけないよ。だからこんなことになったわけだけど』

引っかかる言い回しだが、エルネスティーヌはひばりほど、事の次第を把握していないようだ。ふむ、と顎《あご》をさすり、ソンジャンテは話を変えた。

『そういえば、昼間、エスティを見かけましたよ。変わりないようで安心しました』

『……遠くで見る分には元気かもね？　おれは最近、逢《あ》ってないから知らないけどぉ』

『おやおや。どうりで、君の羽に艶《つや》がないはずです。エスティを試しているのですか、どういう風の吹き回しで？　先に音《ね》を上げることになるのは、君かもしれませんよ』

『これだからヒトってきらいだよ。暗黒の王子さまに宗旨《しゅうし》替《が》えすればー？』

『エスティのことも、嫌いですか』

『…………ホント、ヒトってきらい。おれは手伝わないから、じゃあね』

それだけ言い残して、ひばりは姿を暗ました。

なるほど。それから遠目で観察するようになったが、どうも彼女に悟《さと》られぬよう、こっそりついて回っているようだった。まったくもって素直でない精霊《せいれい》だ。

（ふ、素直でないのは俺も同じですが）

エルネスティーヌに対する思慕《しぼ》を隠そうとしても隠しきれず、兄と想い人の婚約に心を痛めていた——氷の美貌《びぼう》と評《ひょう》されようが、自分と違《ちが》って素直でかわいい弟。

仮に魔物につけこまれる隙《すき》があったとすれば、その一点だけだろう。

（ヴァランがあの子の唯一《ゆいいつ》になれていたら、なにか変わっていただろうか）

エルネスティーヌのことだって大切だ。血は繋がらずとも、妹のように愛おしい。

だから恋ではない——恋であっては、いけない。王太子とプティ・エトワールの婚約は有益《ゆうえき》で、よほどのことがなければ破棄《はき》できない。時折《ときおり》思い出したように疼《うず》く痛痒《つうよう》のためにも、そのよほどの展開を期待し、二人が幸せになることを願ってきた。

だがそれ以上に、祖国を愛してやまない。必要ならば、なんだって利用してみせる——愛しい、家族でさえも。それが王太子たる自分に課せられた役目だと、信じている。

と、舞台に視線を移せば余興が終わっていた。

余興は参加生徒たちの休憩時間《きゅうけい》でもあったので、すぐに歌舞《かぶ》は再開されるだろう。

「次の生徒は……リュクシオル・ド・オリヴィエ、ですか。オリヴィエというと、あのオリヴィエ侯《こう》のご子息でしょうか。父上のご学友で、外交官の？」

「うむ、間違いなかろう。一流の〈詩人《バルド》〉を目指し、切磋琢磨《せっさたくま》しておるとは聞いておったが……そうかそうか、高等部の楽生《がくせい》であったか。これは楽しみだ」

ほっこりとした笑みを浮かべ、何度も頷く。老いてもなお魅力《みりょくてき》的な、人がよさそうな面差《おもざ》し。それだけ見たら、今回の策略《さくりゃく》の片棒《かたぼう》を担《かつ》いでいるとは誰も思わないだろう。

（うーん、我が父上ながら演技派だ）

建前《たてまえ》ではプティ・エトワールは休暇中《きゅうかちゅう》だが、これだけ長期だと額面通《がくめんどお》りに受け取った宮廷人はやはり少ない。

旧友の愛息子《まなむすこ》の登場を心待ちにしていた父王は、場内に響《ひび》き渡った名前に肩を落とす。

「ミレイユ・マルソー？　オリヴィエの息子の次が出番の生徒であろう。なんぞ問題でも起きたのか……大事ないとよいのだが」

「ここでの問題の深刻《しんこく》さなど、取るに足らないもの。案ずることはありますまい」

エルネスティーヌとはまた違う自信を張《みなぎ》らせたエトワールの声色《こわいろ》に、父もひとまず安心したらしい。

男装じみた衣装もさることながら、フィデール宗派の最高司祭とは思えない女性だ。

袖《そで》から出てきた女楽生《じょがくせい》は一礼し、演壇《えんだん》の中央に立つ。愛くるしい少女だ。片側から垂《た》らしたブロンドを揺《ゆ》らし、とび色の目をしきりにまばたかせ、唇《くちびる》を開いた。

（へえ……これは先が楽しみな歌い手じゃないか？）

手にした用紙に評価《ひょうか》を書きこむのも忘れ、小鳥がさえずるような歌声に聞き惚《ほ》れた。

綺羅《きら》めく星のごとき存在感と谷川の穢《けが》れない清冽《せいれつ》さを帯《お》びた歌声——という意味から授《さず》けられた〈渓星《けいせい》〉の二つ名通りの〈歌姫《ディーヴァ》〉である、エルネスティーヌとは真逆だ。

目を閉じて、耳をかたむける。たとえば砂漠に湧《わ》き出《い》づるオアシスのような、旅人の道筋を照らすささやかな月影のような……そっと寄り添《そ》い心に染《し》み入《い》る、優しい響き。

胸に迫《せま》ってくる感情の猛《たけ》りはないかわりに、自覚しないうちに疲弊《ひへい》していた心も穏《おだ》やかになっていくようだ。だから、ソンジャンテも反応が遅れた。

『コレモ違ウ』

ざらついた低声が聞こえたかと思えば、隣《となり》に腰かける弟の気配が変貌《へんぼう》する。はじけるように首をめぐらし、目を見開いた。印象的なサンディブロンドが、今や暗く沈《しず》んでいた。

「ヴァラン、その髪色は——」

『コウナレバ、仕方アルマイ。……汝《なんじ》ハ、邪魔ダ』

肩に触《ふ》れようと伸ばした手をはじかれ、そのまま両足が床から離れていく。なすすべもなく通路に転がると、場内は静寂《せいじゃく》につつまれた。

視界の端《はし》で両親はエトワールに庇《かば》われている。

舞台上で凍《こお》りついていた少女は恐《おそ》る恐《おそ》る駆《か》け下《お》りると、身を起こすソンジャンテの前に立ちはだかった。聴衆《ちょうしゅう》の視線を一身に集めたヴァランタンは微動《びどう》だにしない。

ハッとするほど鮮《あざ》やかな青目がだんだんと虚《うつ》ろになっていく。

『ヨウヤク、ソノ麗《うるわ》シキ御魂《みたま》ハ絶望ノ音色《ねいろ》ヲ覚エタデアロウ。ナニガ幸イカ、ヨク理解デキタハズヨ。……吾《あ》ガ麗シノ花嫁、誓約《せいやく》通リ迎《むか》エニ参ッタ』

そう言って、弟だった者は吼《ほ》えるように嗤《わら》う。床に落ちた人影が、不気味《ぶきみ》に蠢《うごめ》いていた。


——時はわずかばかり遡《さかのぼ》る。

独特な臭《にお》いが鼻腔《びこう》をくすぐる。このツンとした刺激臭《しげきしゅう》は消毒液か。

イヴリーンが瞼《まぶた》をこじ開けると、見覚えのある天井が飛びこんできた。

医務室に搬送《はんそう》されたのか。こめかみを押さえて起き上がるとすぐ、カーテンが開いた。

熱血養護《ようご》教官ドニが決めポーズを披露《ひろう》している。

（……あ、悪夢だわ……）

輝かしい笑顔に出迎えられてベッドに逆戻りしかけた。寝起きの頭には刺激的《しげきてき》すぎる。

「気力は回復《かいふく》したようだね！　ハッフッ！　昨日《きのう》の結果を知りたいだろう、そうだろう！　失格ではなく、名誉《めいよ》の負傷《ふしょう》ということで加点があるそうだよ！　ンハッ！」

「……い、今その気力を根こそぎ奪《うば》われた気分よ……」

「さぁこうしちゃいられないっ、君にふさわしき熱く燃えるような青春の舞台へ向かおうではないか！　まだ間に合う、最後の最後まで諦《あきら》めないことに意義がある！　フンッハッ！　君を送り届ける大切な役目は私が負おうっ」

完全に話を聞いていないドニの肩に担ぎ上げられるが、悲鳴《ひめい》を上げる元気も残っていない。

「すみません、教官。その役目、僕に譲《ゆず》ってもらえませんか」

よろよろと顔を上げたイヴリーンは遠慮《えんりょ》なくむっとした。


オーブ劇場までの道のりを肩を並べて歩く。正しくは全力で走っていた。

置いていこうと奮闘《ふんとう》するイヴリーンを嘲笑《あざわら》うように、相手は余裕綽々《よゆうしゃくしゃく》といった足取りでついてくる。その涼《すず》しい顔つきも皮肉《ひにく》げに笑う口許も、なにもかもが癪《かん》に障《さわ》る。

「きぃいいい、わたくしのあとをついてこないで！　寮《りょう》に帰れ！」

息が乱れていないのも気に入らない。

癇癪玉《かんしゃくだま》を破裂《はれつ》させて地団駄《じだんだ》を踏むと、長剣を佩《は》いたリュクシオルは肩をすくめた。

長剣は〈詩人《バルド》〉志望者に支給されているものだが、普段は授業で必要な時以外、携帯《けいたい》を禁じられている。今日の舞台で披露するため、装備《そうび》しているのだろう。

「あのなぁ……僕だってまだ歌ってないんだ、目的地が同じなのは当然だろう。それに、お前は力を使い果たしただろう。少し落ち着け、倒れたら元も子もないぞ」

「近寄らないでください。怪我人《けがにん》に労《いたわ》られるほど落ちぶれていません。そして帰れ」

「本性がまるで隠しきれていないんだが……まぁいい。その不気味な敬語《けいご》をやめろ。敬語のくせに、敬意の欠片も感じられない。高飛車《たかびしや》な物言いの方が遙かにマシだ」

「……敬《うやま》っていないのだから当然でしょう。あと訂正《ていせい》させてもらうけれど、高飛車はおまえよ。自分を棚《たな》に上《あ》げるのはおよしなさいな、見苦しくてよ」

心底うんざりした声色には思うところばかりだが、これ幸いと演技をやめる。もはや気取っていられる心境ではない。

「まったくもってシラクには言われたくないセリフだな、おい。鏡は見ないのか」

「鏡は毎朝毎晩見ていてよ。いつだって惚《ほ》れ惚《ぼ》れするほどの美しさだもの、何度見たって飽《あ》きないわ」

「…………き、聞かなかったことにしておこう。僕はなにも耳にしなかった……そうに決まっている。こいつの破壊的《はかいてき》な歌声を聴きすぎて、聴覚《ちようかく》が狂《くる》ったかな……」

「ちょっとっ、どさくさに紛れてわたくしを侮辱《ぶじよく》したわね。今に見ているがよろしいわ、絶対跪《ひざまず》かせて赦《ゆる》しを乞《こ》わせてやる！」

歯軋《はぎし》りをすれば、「さーてと」とリュクシオルはわざとらしく視線をはずす。

「急がないと順番が回りきってしまうぞ。高等部は人数が少ないから、あまり時間稼《かせ》ぎは期待できないだろう」

「わたくしの話を聴けーっ！　……うぅ」

「シラク⁉」

咄嗟《とっさ》に大声を出したせいで、立ちくらみに襲《おそ》われた。が、服越しにじんわりと伝わってくるぬくもりに視界が晴れていく。目をしばたたくと、リュクシオルが心配そうに眉根《まゆね》を寄せている。そろりと腕《うで》を見れば、まるで支えるように摑《つか》まれていた。

「言わんこっちゃない……気分が悪くなったのか？　劇場まであと少しだ、着いたら水をもらうといい」

「……離して」

乱暴に振り払い、距離を置く。突っかかったり、優しくしてきたり、意味がわからない。

（わたくしを生身《なまみ》の人間だと思えないのなら、放っておいてくれたらいいのに）

嫌味《いやみ》なほど超然《ちょうぜん》としている、自信たっぷりでイヤな感じ、人間味がない、心ってものを感じられない、観賞用《かんしょうよう》。宮廷《きゅうてい》にはびこる噂はいいものばかりではない。

そんな陰口《かげぐち》も叩《たた》かれていると、イヴリーンは知っていた。この楽院でもそうだった。

イヴリーンが気に食わないとケンカを売ったり、自分に非《ひ》があると認めたら素直に謝ってきたり――そんなリュクシオルでさえ、同じだった。

「……おまえの付き添いなんていらない。一人でも行ける、だからさっさと行ってちょうだい。教官には少し遅れると、伝えるだけでよろしいわ」

「そんなこと、できるわけないだろ。一人にしたら、どこで野垂《のた》れ死《じ》にされるかわかったものじゃない。僕の目覚《めざ》めが悪くなる。そもそも、お前が体調を崩《くず》したのは――」

「おまえのためじゃない！」

自身を責めるような声を聞いていたくない。だから遮《さえぎ》って噛みついた。

「わたくしは、わたくし以外の人間なんてどうでもいいの。傷口を塞《ふさ》いでやったのは、きらいな人間に助けられて屈辱《くつじょく》にゆがむおまえの顔を見たかったからよ！　それ以外に、理由なんてないっ」

「……僕は別に、お前が嫌いなわけじゃない」

「なぁに、それ？　傷口を塞いでやったから？　ハッ、おまえの好意って随分《ずいぶん》とお手軽なのね。おまえだけじゃないわ、この楽院の人間はみんなそう！　薄《うす》っぺらい輩《やから》ばかりよ」

冷笑を浴《あ》びせてやると、リュクシオルの隻眼に不快感《ふかいかん》が過《よ》ぎった。

そのまま踵《きびす》を返すかと思ったが、ふーっと長息を吐《は》き出す。

「…………正直に言おう。僕はお前のことが気に食わなかったし、腹を立ててもいた。今もムカついている」

「なら、わたくしに関わらないでくださる？　早く、会場に行きなさいよ」

「だが、嫌いだと思ったことはない。いくら気に入らなくても、嫌いなわけじゃない」

こいつはなにを言っているんだ。絶句《ぜっく》していると、リュクシオルが畳《たた》みかけてくる。

「僕を捨て置けばお前が周りにどんな目で見られるのか……失念《しつねん》していた。お前の怒《いか》りはもっともだ。だから僕なりに、誠意《せいい》を尽《つ》くしたいと思う。僕がすっきりしたいんだ、受け入れろ。ごちゃごちゃ言うな」

「お、まえ、バカじゃないの！　何様のつもり!?」

「シラクに言われると、まともな人間だと太鼓判《たいこばん》を押された気分になるな」

こいつ、言うに事欠《ことか》いてそれか！　憐《あわ》れむような眼差《まなざ》しを注《そそ》がれ、怒髪天《どはつてん》を衝《つ》いた。口を開いても、怒りのあまり適当な言葉が出てこない。

「僕はしたいようにするし、お前もしたいようにすればいい。ただしなんと言われようが、僕は僕のしたいことしかやらない。どんな理由であれ、お前が手当てを施《ほどこ》してくれたのは事実だ。重要なのは事実だ、過程《かてい》じゃない」

「……本当の本当に、おまえが大きらいだわ……！」

「そうか、ありがとう」

すまし顔で礼を口にしたかと思えば、リュクシオルはにっこりと笑った。いつも皮肉げに口の端をゆがめるだけなのに、それは驚くほど年相応《としそうおう》な、邪気《じゃき》も他意《たい》もない笑顔。

腹立たしさも忘れ、飛びすさった。変な動悸《どうき》がする。風邪《かぜ》を引いた時の症状《しょうじょう》に似ているが、やけに心臓の音が鼓膜《こまく》に響く。手探《てさぐ》りで〈楽師《カンタンテ》〉の証《あかし》に触れた。

(今までずっと無愛想《ぶあいそう》だったくせに！　そんな安い笑顔ひとつで騙《だま》されるものかっ)

反則だ。なにがなんだかわからないが、とにかく反則だ。ずるい。

「だれかー！　こいつ、最悪の女たらし野郎ですっ。逮捕《たいほ》して！」

「どうしてそうなる!?」

「恐ろしい、なんて末恐《すえおそ》ろしい男なの……これだから貴族は怖い……手馴《てな》れていてよ……！　そのうち愛人百人とか作っちゃうんだわ、友達百人できるかな程度のノリで！不潔《ふけつ》、不潔よっ。女の敵ね、あっち行って！」

「おい、完全なる捏造《ねつぞう》のくせに、なに断定形で罵倒《ばとう》してくれるんだ！　無意味に具体的《ぐたいてき》すぎて引くわっ、なにか貴族に恨《うら》みでもあるのか!?」

「地平線の彼方《かなた》まで行っておしまい、そしてそのまま領地に帰れ！」

そんな風にいがみ合いながらも、なんとかオーブ劇場に辿《たど》り着く。が、どうにも静かだ。

今日は最終日だというのに、この静けさはおかしい。

「……一大行事ではなかったの？　さびれていなくて？」

「さびれる言うな。だが……そうだな、三年前はもっと賑《にぎ》わいでいた記憶《きおく》があるんだが……なにかあったのか？　お前みたいな音痴が発覚して、盛り下がったとか」

「口に手を突っこんで奥歯をがたがた言わすわよ」

「驚くほどの口の悪さだ。よく上品ぶっていられたな、いやごまかせていなかったが」

失礼すぎて憤慨《ふんがい》するのも疲《つか》れてきた。だから無視して裏口から会場に入りこむ。

狭《せま》い隠し通路を進んでいくと、舞台袖に出る。ここまで来ても、物音一つしない。

不審《ふしん》に思った二人は、物陰にひそんで様子を窺うことにした。

殺気とは少し違う。身じろぎしただけでも、なにかが変わってしまいそうな緊迫感《きんぱくかん》。制服の袖をめくれば鳥肌が立っていて、さらに首を伸ばしたイヴリーンは声を詰《つ》まらせる。

「……………ヴァラン、タン、殿下……？　どうして……」

「殿下？　殿下は黒髪じゃないだろ、人違いじゃないのか。それにしても、これはどういう状況なんだ」

癪《しやく》ながら同感だ。参加生徒が全員はけたわけも、ヴァランタンだけ舞台にいる理由も、疑点《ぎてん》は尽《つ》きない。おかしいといえば、ヴァランタンの影もおかしい。

それ自体が意思を持っているかのように、人の形を為《な》していない。

『吾ガ麗シキ花嫁、エルネスティーヌ……身ヲ隠ソウトモ、汝ガ在《あ》ルノハワカッテオル』

この、声。一瞬、呼吸が止まる。遮ろうにも、体が凍りついて動かない。

それは地の底を這《は》うように低く、触れる者すべてを傷つける刃物のように鋭《するど》い。こもるように響くその声を、イヴリーンは知っていた。

（忘れるわけがない。こいつは、わたくしの歌声を奪ったラー・シャイだわ！）

迎えに来る――〈楽師《カンタンテ》〉に囲まれた中、その宣言《せんげん》通りやって来たのだ。

ならばなぜ、ヴァランタンの姿をしているのだろう？　入れ替わったと考えるべきだが、イヴリーンの直感がアレはヴァランタン本人だと告げている。

隣にいる存在を忘れて考えこんでしまったが、リュクシオルが呆然《ぼうぜん》とこぼす。

「エルネスティーヌ……？　プティ・エトワール様が来ていらっしゃるのか!?　み、身支《みじ》度《たく》を整えないと……」

ずっこけかける。身なりを気にするリュクシオルなんて、できたら一生見たくなかった。

地団駄を踏みかけるも気づかれると困る。なので高速でド突いてから小声で諌《いさ》めた。

「うぉおおコンのすっとこどっこいっ、現実を見なさい！　もっと直視なさいっ、おかしいでしょ。気にするところはそこではないでしょうよ!?」

「そ、そうだな。ここは寄宿舎《きしゆくしや》に戻って風呂に入るべきか……汗くさい姿ではプティ・エトワール様に顔向けできない！　朝風呂すればよかった！」

「違うってば！　どこもかしこもツッコミどころしかなくてよ。今はプティ・エトワールどころではないの、ラー・シャイがそこにいるのよ！　湯殿《ゆどの》に浸《つ》かっている場合かっ」

「はっ……ラー・シャイ？　以前現れてから、楽院により強固《きようこ》な結界を張ったって話だぞ。それでも魔物がいるなんて……ふっ」

いっそ目潰《めつぶ》ししてやろうか。無言で胸倉《むなぐら》を摑み上げ、強引に舞台を注視させる。

『名乗リ出デテハクレヌノカ。ナラバ……ソウ、ヨイコトヲヒラメイタ。一人ズツ絶望ニ浸《ひた》シテユコウ。心地ヨイ音色ヲ刻《きざ》ムハズ、サスレバ汝モ吾ガ手ヲ取リタクナルデアロウ。共ニ暗キ淵《ふち》ヘト参《まい》ロウデハナイカ』

「ひっ……！」

影から触手《しよくしゆ》のように伸びた無数の手が、前列で身を縮《ちぢ》めていた生徒たちを拘束《こうそく》した。そのまま引きずられていくと、ソンジャンテのそばに立っていたミレイユが叫《さけ》ぶ。

「ザザちゃん！　コレットちゃん！　……な、なにするの、二人を……みんなを離してよ！　ひどいことしないでっ」

『……耳障《みみざわ》リナ……』

「──水よ水　無数の龍《りゆう》となり　その首を食いちぎ──きゃあっ」

魔物は疾駆《しつく》してくる水龍を簡単にいなし、その力を倍にして返す。

ミレイユは咄嗟に水膜《すいまく》を張ったようだが、こらえきれずに横転《おうてん》する。ザザが叫ぶ。

「ミレイユ！　や、め……くっ……う、ぅ……」

『ホウ、ヨキ音色ヨ。ダガ、エルネスティーヌニハ遠ク及バヌ……アア、殺《あや》メハスマイ。息絶《いきた》エテハ、光ナキ闇《やみ》ノ尊《とうと》サガ理解デキヌデアロウ』

奏でられる呻《うめ》き声を聞き、うっとりとするように喉を鳴らす。

ミレイユを助け起こしたソンジャンテの緑眼《りょくがん》とかち合う。魔物には死角でも、イヴリーンの位置からだと丸見えなのだ。

幼なじみの王太子は舞台袖に隠れたまま前のめりになったイヴリーンに目で合図《あいず》を送ってくる。いつも糸のように笑んだ目元《めもと》が、今は切迫《せっぱく》していた。

（名乗り出るなというのね。ジャン）

エトワールがいるのだ、すべて任《まか》せてしまえばいい。そのための最高司祭である。

最悪の場合、国王一家だけでも逃がしてくれるはずだ。

確かにイヴリーンの出る幕はない。けれど、この一件で確信したことがある。

（わたくしの歌声を奪ったのは、浄化《じょうか》を促《うなが》す〈楽師《カンタンテ》〉への恨み以外に理由があるのだわ）

考えてみようとも思わなかったことだ。正直、音痴騒動《そうどう》の前ではすべてが些事《さじ》だった。

だが、もっと早く真面目《まじめ》に考えるべきだったかもしれない。

（考えるの！　これまでの出現に、なんらかの手がかりがあるはずよ）

これで三度目。名指しまでして、王宮に楽院と追ってきた。なんという執念《しゅうねん》深さ。

魔物は、標的をイヴリーンに絞《しぼ》って行動を起こしている。ならば名乗れば——ちらっと横目で窺う。プティ・エトワールとなると目がくらむリュクシオルも正気に戻ったが、きっとすぐ、先ほど以上に取り乱すに違いない。

ミレイユとソンジャンテに忍び寄る毒牙《どくが》。なのに、隠れていろと目で訴《うった》えかけてくる。

他人を案じている場合ではないのに、彼は約束通り護《まも》るつもりなのだ。真実を閉ざしたままのイヴリーンを！　やはりと一歩踏み出したが、リュクシオルに引き止められる。

といっても目線は合っておらず、かすれ声で問われた。

「……シラク、〈楽術《ネウマ》〉を連続で操るだけの気力はあるか」

「それって、どういう」

「二人一組《ツーマンセル》、〈楽師〉の基本をもう忘れたのか。未熟《みじゆく》だろうと、僕とて〈詩人《バルド》〉の端くれだ。……お前も前ほど音痴じゃないからな。魂《たましい》の属性も同じだし、今の声なら、協力すれば注意を惹《ひ》きつけられるはずだ。隙さえ作れば、エトワール様も動けるだろう」

イヴリーンの歌声を認めるような口ぶりで、なぜか頬に血がのぼる。

声を喉に詰まらせていると、じれたように腕を引っ張られた。正気に返り、慌《あわ》てて頷《うなず》く。

「え、ええ。全快《ぜんかい》とは言えないけど、体力は昨日より回復したから大丈夫よ」

「そうか。……僕が先陣《せんじん》を切る、援護《えんご》は頼んだ」

ジャケットの隠しから小瓶《こびん》を取り出す。中には朱金《しゆきん》の粉が入っており、親指の腹で木栓《もくせん》をはじく。続けざまに腰の細剣《さいけん》を横に払いながら粉を振《ふ》り撒《ま》いた。

「――〈火焔の讃歌《インノ・フィアンマ》〉」

静かな呼びかけに、粉末が複数の火の玉に変ずる。

それが剣身に吸いこまれたかと思えば、彫《ほ》られていた文字が燐光《りんこう》を帯びた。そして、剝がれ落ちていく。光る文字が雨音のような音色を奏《かな》でて浮遊《ふゆう》した。

炎上《ブルチャーレ》、熱《カローレ》、火花《シンティツラ》、火《フオーコ》――古ムジカ語で描かれた光る文字は外気に漂《ただよ》う。

この現象を、イヴリーンは何度も見た覚えがある。詩の視覚化だ。それこそ〈詩人《バルド》〉だけが扱える〈楽術《ネウマ》〉の一つで、文字はくるくると円舞曲《ワルツ》のように踊《おど》る。

「――精霊の御名《みな》において奉《ほう》じる……〈火〉」

冴《さ》え冴《ざ》えとした隻眼《せきがん》を向けられると、イヴリーンの喉に文字が張りついた。

刹那《せつな》、ぶわっと熱が広がり、力が漲《みなぎ》ってくる。まるで腹の底に炎を抱いたように。

リュクシオルは長剣を構えたまま肩で息した。かかげた掌で、赤々と燃える〈炎上《ブルチャーレ》〉に触れる。その音字《おんじ》を剣身に並べ、勢いよく揮《ふる》い――舞台を、火の道が切り開く！

生じた風で、前髪がめくれ、リュクシオルの左目があらわになる。金色《こんじき》の光を帯びて、煌々《こうこう》と輝いていた。

「──火より出でて哮《たけ》ろ、火蜥蜴《サラマンドラ》！」

『……ホウ……コレハ遊ビガイガアリソウダ』

火蜥蜴をまとった剣身を、魔物は片手で受け止めてみせた。にたりと唇をゆがめれば、剣もろともリュクシオルを放り投げる。しかし、リュクシオルも負けていない。

空中で体勢を立て直し、指先で〈熱《カローレ》〉となぞる。銀朱の一閃《いっせん》が描かれ、強い光を発したそれを、魔物に向けて切《き》っ先《さき》ではじき飛ばす。

ヴァランタンの肉体である可能性を考慮《こうりょ》すると、攻撃に打って出るのは本意ではない。しかし、このままだと生徒たちは解放されないし、先ほどのようにいなされるだけだ。

物陰のイヴリーンは覚悟《かくご》を決め、喉から音を振《ふ》り絞《しぼ》る。

「──、──、──……」

誰の妨害《ぼうがい》も受けないよう、けれど確かに打撃を与えられるように想像する。

気を取られたのか、魔物の視線が泳ぐ。その一瞬の隙を衝き、リュクシオルは攻撃を畳みかける。まともに受けるはめになった魔物が仰《の》け反《ぞ》った。

『グォ……ウゥウウ……』

手負いの獣《けもの》を思わせる呻き声。苦痛に眇《すが》められた両目は金色に変わり、さらなる痛撃《つうげき》が加えられる。その痩身《そうしん》に鞭《むち》が絡《から》みつき、持ち上げられた反動で床に叩きつけられたのだ。

するど、触手で捕《と》らえられていた生徒たちは解放される。足取りはおぼつかないが、急いで距離を置く。人質《ひとじち》は自由になったため、教師陣も包囲網《ほういもう》を縮めた。

「下劣《げれつ》な魔物、疾《と》くと殿下から出て来るがいい。答えいかんでは……わかっているな」

額《ひたい》にきらめくムジカ石が五色に輝いている。鞭を片手に、エトワールが不敵な微笑《びしょう》をのぼらせていた。

膝《ひざ》をついた魔物も立ち上がろうとしたが、リュクシオルに肩を足で押さえこまれている。手にした長剣は頸動脈《けいどうみゃく》に添えられていた。

魔物の左肩から流す黒髪はほつれ、前髪が乱れる。その下から覗《のぞ》く金色の双眸《そうぼう》をぎらつかせ、魔物は吼えるように嗤《わら》う。

『クッ……ハ、ハハハ。愉快《ゆかい》ダ。人ノ思イ上ガリトハ、実ニ度《ど》シ難《がた》イ。汝ゴトキニ、イッタイ何ガデキヨウカ？』

「なっ……ぐっ」

乱暴に振り落とされたリュクシオルの小柄な体躯《たいく》は、壁際《かべぎわ》まではじき飛ばされた。今度は受け身を取れず、背中から打ちつける。衝撃《しょうげき》で、壁に亀裂《きれつ》が走った。

魔物は影をまとった右腕で、続くエトワールと教師陣《じん》の攻撃を薙《な》ぎ払《はら》い、台風の目のような様相《ようそう》を呈《てい》する。

イヴリーンは口許を覆《おお》う。強烈《きょうれつ》な既視感《きしかん》を覚えた。

以前とは逆の立場だが、振りかざされた爪《つめ》の行く先を知っている。

（わたくしが、隠れたままでいいの？　本当に？）

彼らは護る価値のないものを護ろうとしている。覚悟を決めたはずなのに、所詮《しょせん》はつもりにすぎなかった。動こうとしない太腿《ふともも》を殴《なぐ》りつけ、ひねり潰した眼鏡《めがね》を捨てる。

ごまかせないのなら、誰にも恥《は》じないプティ・エトワールの姿を焼きつけたい。


「おまえの獲物《えもの》は、ここにいるっ」


リュクシオルとの間合いに割りこみ、いつかのように声の限りに叫ぶ。

場内の動きが止まったのを確認してから胸を張る。

「わたくしは、ここよ。わたくしこそフレデリック・ル・イリス国王陛下より、〈渓星《けいせい》〉の二つ名を戴《いただ》いた〈歌姫《ディーヴァ》〉――エルネスティーヌ！　相手ならばわたくしがしてあげる、他の者に手出しするな」

「シラクが、プティ・エトワール様!?　そんなバカな！」

「美意識の死神なのに!?」

恐怖に凍りつき、二人のやり取りを固唾《かたず》を呑《の》んで見守っていた観客席からどよめきが広がる。魔物だけは動じず、イヴリーンの全身を矯《た》めつ眇《すが》めつ観察した。

やがて心臓を射抜《いぬ》くように見据《みす》えてすぐ、信じがたそうに目を瞠《みは》った。

「……ラー・シャイ、わたくしは逃げも隠れもしない。用があるというのなら、礼節《れいせつ》を守りなさい。生憎《あいにく》と、無礼者《ぶれいもの》の話にかたむける耳は持ち合わせていないの。だけど、わたくしの質問には一も二もなく答えるがいいわ。拒否権《きょひけん》は認めなくてよ」

『ヤハリ、オカシイ』

「……おかしいのはおまえでしょう。そもそも、おまえに花嫁呼ばわりされる筋合いはなくてよ。身のほど知らずとはおまえのことね、跪いて赦《ゆる》しを乞うがよろしいわ」

居丈高《いたけだか》に言い放てば、ソンジャンテが頭を抱えるも、魔物はそれどころではないらしい。

『汝ガ在ルノハワカッテオッタ、ナレド……以前ト相違《そうい》ナイナド。ナニユエ、汝ノ魂ハ変ワラヌ。奪エバ、汝ハ絶望スル手筈《てはず》デアッタ。世界ノ醜《みにく》サニ破滅《はめつ》ヲ見出シ、滅《ほろ》ビコソガ救イデアリ、闇ニコソ至上ノ美ガ潜《ひそ》ムト気ヅクハズデアッタ。ダトイウノニ――』

くっと喉を鳴らし、王子の端整《たんせい》な顔つきが悲痛なまでにゆがむ。

その虚《うつ》ろな金目が切望《せつぼう》していた、お前も認めてくれないのかと。

『ナニユエ、汝ハ変ワラヌ！　汝カラ、汝タラシメテイタ美ヲ奪ッタトイウノニ――ナゼダ。ナゼ、嘆《なげ》カヌ！　カヨウナ魂デハ、吾ガ棲《す》ミ処《か》マデ堕《お》トセヌ……！』

こもるように響く煩悶《はんもん》に、突如《とつじょ》として天啓《てんけい》がひらめく。

この世のありとあらゆるモノに名前がある。名とは本質を表し、この世に縛《しば》る、もっと

も短い呪《まじな》い。ヒトは場合によるが、精霊にとって真名《まな》とは命そのものだ。

世界の摂理《せつり》に支配される精霊の真名は多くの意味を持ち、時として拘束力を生む。

イヴリーンもひばりの真名を知っていたが、一度も呼んだことはない。

ラー・シャイは古ムジカ語で『無』を意味する。魔物を取り巻く影は虚無《きょむ》より生じる
——ゆえに魔物すべてを縛る名。だからこそ、イヴリーンはラー・シャイと呼んできた。

これまで出遭《であ》ったどんな魔物より孤独《こどく》で、貪欲《どんよく》で、執拗《しつよう》で……この世界中でもっとも寂《さび》しい存在。常識的に考えればありえない。けれど、そうと繋げれば腑《ふ》に落《お》ちる。

イヴリーンは喉を鳴らし、囁《ささや》くように訊《き》いた。

「一つだけ……教えてちょうだい。その体は擬態《ぎたい》しているわけではなく、ヴァラン本人のもの？　もしそうなら、聖フィデールの血筋を受け継ぐ彼にどうやって取り憑《つ》いたの」

『麗シキ娘ヨ、今ノ汝ニハ聴コエヌカ。報《むく》ワレヌ想イニ身ヲ焦《こ》ガス、愚《おろ》カナ人ノ子ノ嘆キガ。フィデールナド恐ルルニ足ラズ、コヤツハ自ラ我ニ身ヲ委《ゆだ》ネタ。ソレダケノコトヨ』

「どういうことなのです。我が息子が、あなたの甘言《かんげん》に耳を貸したというのですか!?」

王妃のうろたえように、魔物は意味深《いみしん》に喉を鳴らす。二人のやり取りに、ソンジャンテは苦々しそうに唇を噛みしめている。心当たりがあるのだろうか。

イヴリーンの想像通りの相手なら、軽くやってのけても不思議ではない。

すぅと空気を取りこむ。プティ・エトワールとして、最後の仕事をするために。

「――――、――――……」

心をこめて音を紡《つむ》げば、赤く透《す》き通《とお》ったヴェールがイヴリーンを取り巻く。

目元にかかる髪は、見る見るうちに淡《あわ》い黄金《こがね》に戻った。三《み》つ編《あ》みをほどき、手早く結《ゆ》い上《あ》げれば、誰かが「あっ！」と声を上げる。背中で受け止める視線をなんとか無視し、階下のソンジャンテを見下ろす。彼は目を見開き、しわがれた声を漏《も》らした。

「エスティ……その声は、いったい……」

「ジャン。今まで黙《だま》っていて、申し訳ないと思っていますわ。わたくしはとっくに、あなたとの約束に釣り合わない人間になっていた。……陛下、この証はお返しいたします」

首から下げていた〈楽師《カンタンテ》〉の証をはずし、床に叩きつけた。

心まで蹂躙《じゅうりん》されたような痛みを覚えながら、さらに踏みつける。

会場中の注目を浴びている気がした。そのうちの一つは国王のものだろう。

イヴリーンは目を閉じ、自身に言い聞かせるように口を開く。

「陛下から直々《じきじき》に賜《たまわ》った証を足蹴《あしげ》にした……これで、不敬罪《ふけいざい》は成立しましたわ。もう王族とはなんの関わりもない、家名も持たない、貧民街《ひんみんがい》の住人に戻った。……王家に迷惑はかけなくてよ。エトワール様も手出しは不要。自分の始末《しまつ》は、自分でつける」

「エスティ!? なにをっ」

「……ラー・シャイ、不可解な点が多すぎてまるで理解できないわ。けれど、気づいたことがある。これまでの魔物と次元が違う、当然よね。だっておまえは魔物ではなく、そう。ラー・シャイ、いいえ――」

目を閉じ、迷いを打《う》ち払《はら》う。イヴリーンは指を突《つ》きつけて宣言する。

「〈魔王〉ザハディオーン！　おまえの御名において、わたくしと賭《か》けをなさいっ」

『……マコト、聡《サト》イ娘ヨ。イカニモ、我ハ人ヤ精霊トイウ下等種族ニアラズ――ソウ』

喉の奥で笑うと、ヴァランタンと同化していた黒影が抜けはじめた。

糸の切れた操り人形のように倒れこんだ彼にかわり、浮かび上がったのは王宮の温室で目にした人型。一種異様な風体だというのに、神にふさわしい威光《いこう》を感じられる。

首にはめた石輪の鎖《くさり》を揺らした風が、引きずるほど長いローブの裾をもてあそぶ。

とうとう本性を見せた〈魔王〉は厳《おごそ》かに口を開く。

『吾ガ名ハザハディオーン。サレド人ノ身デ、神ノ真名ヲ掌握《しょうあく》デキルト思ウテカ？』

「……今のわたくしに、そのような力量がないことは重々承知《しょうち》だわ。だけど、悪い条件ではないはずよ」

息を呑む音が四方から聞こえた。魔物――〈魔王〉は考え深げに顎をさする。

『ソウ、コノママデハ堕トセヌ。アレハ不完全ナ誓約《せいやく》ダッタ……ヨカロウ、真名ヲ用イタ賭ケヲ為ソウ。此度《こたび》コソ吾ガ望ミハ果タサレル。シテ、汝ノ望ミハ？　喪《うしな》ワレタ美カ？』

「ああ、そうだったわね。わたくしが不用意に答えたがために、その代価として音痴にされたことをすっかり忘れていたわ」

改めて言葉にすれば、ソンジャンテや国王夫妻、エトワールが驚愕《きょうがく》をあらわにしている。諦念《ていねん》をこめて笑う。

「一度手放したものに、未練はなくてよ。だから、違うものがほしいわ。……おまえも承知の通り、エルネスティーヌはわたくしの真名ではない。負けた暁《あかつき》には真名を教え、地の底だろうがついていってあげる。わたくしが勝ったらヴァランに肉体を返し、このイリス王国に二度と関わらないでちょうだい。精霊程度なら一介《いっかい》の〈楽師《カンタンテ》〉でも対処できるけど、今後おまえのような存在が出しゃばってきたら迷惑《めいわく》だわ」

『カヨウナ望ミデヨイノカ？　人ノ言ウ魔物ヲ送リ出サヌヨウ、願ワズトモヨイト？』

「よい性格をしているのね、〈魔王〉。たとえおまえが手を出さずとも、ラー・シャイが消えることはありえない。そうでしょう？　この世に音があり、渦巻《うずま》く虚無がある限り、どこにでも生じるわ。勝負の内容はおまえが決めてちょうだい」

『アア、ヤハリ我ガ見コンダ通リノ魂。クッ、ハハハ……サテ、汝ハ音ヲ差シ出シタ。ナラバ、音デ定メヨウゾ。吾ガ音色ニ魅入《みい》ラレズニオレタラ、諦メルトスル』

少し前まで取り乱していたというのに、〈魔王〉は余裕だ。よほど勝算があるのだろう。

だが、イヴリーンとて望むところだ。周囲の人間を巻きこもうが、賭ける価値がある。

同意を示すより早く、背後から怒号《どごう》が上がった。

脊髄反射《せきずいはんしゃ》で振り返れば、肩を押さえたリュクシオルが睥睨《へいげい》している。

今の姿は憧《あこが》れのエルネスティーヌだというのに、純度の高い敵意を向けられた。

「ふ、ざけるな！　なんだ、そのクソ条件。お前、勝つつもりがないんだろう⁉」

「な、なによ。オ、オリヴィエには……関係、ないわ。これはわたくしと、こいつの問題なの。口を挟《はさ》まないでちょうだい！」

「いいや、挟ませてもらうね。……いくら混乱していたって、一つだけはっきりしている。それはお前が、世紀《せいき》の大バカ者だってことだ！　なにを、一人で背負おうとしているんだ。だから、お前のことが気に入らないんだ！」

苛烈《かれつ》に歯嚙《はが》みして近づいてくる。イヴリーンは内心の動揺《どうよう》を押し隠して言い放つ。

「それはわたくしのセリフだわ。そもそも、わたくしは憧れのプティ・エトワール様よ。なんて口の利《き》き方《かた》なの、額をこすりつけて詫《わ》びるがよろしいわ！」

「ああっ、そうだ！　お前みたいな大バカ者に憧れていたかと思うと、自分が恥ずかしくてたまらないさ！」

「なっ」

「だけど、恩《おん》がある！　プティ・エトワール様に出逢《であ》い、命を救われ、僕の世界は広がった。僕にだって、違う生き方ができるんじゃないかって！　あの日だけじゃない。ここでも、僕はお前に気づかされた！　だから、そんなバカげた取引は認められないっ。今のお前はプティ・エトワール様じゃない――ただの、シラクなんだろう!?」

ただのシラク。途方《とほう》もない衝撃に、胸が揺さぶられた。

息の根が止まったように、余裕のない隻眼を凝視《ぎょうし》する。

（歌が下手でも、性格が悪くても、醜かったとしても、おまえはそれでも構わないの？）

プティ・エトワールが愛されるのは、美しくて歌が上手だから。

歌えなくなれば棄《す》てられる存在なのだと思っていた。腹立たしいほど斜《しゃ》に構《かま》えていたリュクシオルが今やぼろぼろだ。それでも必死に訴《うった》えかけてくる。

「なら、頼れよ。ここには、〈楽師《カンタンテ》〉がたくさんいるんだぞ！　なんで、一人で片をつけようと――」

『少々、口ガ過《す》ギル。ソロソロ黙ラセルトシヨウ』

そうして〈魔王〉が喉を震わせる。高い円天井に吸いこまれ、隅々《すみずみ》まで満たされていく歌声。会場中の人間が耳を塞ぎ、リュクシオルもくず折れる。

イヴリーンは咄嗟に駆け寄り、少しでも染《そ》まらないよう膝に抱えこんだ。平然としているのは、〈魔王〉とイヴリーンだけだ。周囲の影が色濃《いろこ》くなっていく。

〈魔王〉は眉をひそめ、より高らかに破滅の旋律《せんりつ》を生み出す。哀愁《あいしゅう》と愛執《あいしゅう》。いくつもの音階が狂気的《きょうきてき》に交《まじ》わり、デタラメなのに確かな美が宿っている。

イヴリーンは黙って耳を澄《す》ませていたが、急に心臓が脈打った。

（オリヴィエは、嘘をつけない。でも、本当に？）

――リュクシオルの謹慎理由《きんしんりゆう》。あれも結局、偶像と見ている証拠《しょうこ》ではないか。

思い返した瞬間、かつてない息苦しさを覚える。イヴリーンは背中を丸めた。

心の隙間に、〈魔王〉の歌声が入りこむ。希望を持ってしまったせいだ。期待なんてしなかったのに、『もしかしたら』なんてありもしない想像をしたから。

懐で、かすかな靄《もや》が生じる。

どうすれば無条件で愛される人間になれるのか、イヴリーンにはわからない。

そんな人間になりたかった。けれど、愛されるために自分を殺したくなんてなかった。

だがなにより、両親に見放された事実を思うと諦めばかりが身についた。

〈楽師《カンタンテ》〉の才知《さいち》が魂に宿ろうと、あの歌声がなければ見向きもされない存在にすぎない。

なのに、誰もがイヴリーンを羨《うらや》んだ。すべてに恵《めぐ》まれた、幸運な娘だと。

本当は窒息《ちっそく》しそうだったなんて、誰も気づかなかっただろう。いくら欲しても手にできないものがあるなんて、考えつきもしないはずだ。

努力で補えるものなんて、些細《ささい》なものだけ。

憧れたのはイヴリーンの方だ。愛される人間が赦《ゆる》せない。認められる人間が憎《にく》い。赦される人間が恨めしい。なぜ自分には与えられない。そうだ、みんな――

「イヴッ」


誰かが、かつての愛称《あいしょう》で呼んでいる。世にも美しい声でさえずっている。

抱いた靄が掻《か》き消《き》えた。そろりとおもてを上げれば、辺りに黄金の粉が降り注いでいる。

瞠目すると、見覚えのあるすらりとした麗容《れいよう》が〈魔王〉と対峙《たいじ》していた。

装束《しょうぞく》は異国のものだ。豪奢《ごうしゃ》なトルクをつけ、袖のない上着をはおり、膝下にかけて膨《ふく》らんだ純白のズボンを穿《は》いていた。つむじで結い上げた水銀色の猫毛がシニョンを作る。

人間離れした華《はな》やかな風貌《ふうぼう》は、オアシスの精霊と自称するだけあって清々《すがすが》しい。

静と動、陰《いん》と陽、破滅と再生、嘆きと喜び。

相反《あいはん》する二つの音色がぶつかり合った衝撃波が膨れ上がっていく。

「うそ……ディ、オル……?」

思わず口を衝いたのは、初めて音にしたひばりの真名《まな》。

恐る恐る呼びかけると、彼は肩越しにこちらを見る。眠たげな水色の目が笑っていた。

王宮に引き取られてから滅多《めった》に人型に戻らなかったのに、よりにもよってなぜ今。

「だから言ったろー、精霊さまの助言を真に受けないからこうなるんだよー。ホント、こんな重労働《じゅうろうどう》は二度とごめんだからねー」

「な、んで、おまえ、今日は雨が……どうして……こんな……」

呂律《ろれつ》が回らなければ、考えもまとまらない。

彼——人型になったひばりは鼻を鳴らす。

「鶏《にわとり》もびっくりな鶏頭《とりあたま》なわけぇ？　きみの歌声は、原石だって言ったじゃないかー」

「ふざけないで。あの歌声は戻ってこない！　助ける価値なんて、これっぽっちもないのよ！　おまえ、ラー・シャイの歌に弱いのに……」

力はかろうじて拮抗《きっこう》しているが、ひばりの足元に黒い影が滞《とどこお》っている。下唇を噛んだ。

「そもそも、出て行ったじゃない！　どうして、今さらっ」

「それじゃあ……きみの、好きなように解釈《かいしゃく》すればいいよー。それがいい。で、そこの勝気なお坊《ぼっ》ちゃん。とっくに目が覚《さ》めてるんだろー？」

そういえば膝が軽い。視線をさまよわせれば、リュクシオルが頬を赤らめて起きている。

「この子は性格が悪くて、自己陶酔家《じことうすいか》で、迂闊《うかつ》で、へそ曲がりで、高慢《こうまん》ちきで、口を開けば暴言ばかりで、取《と》り柄《え》の歌声がなけりゃちっぽけなヒトにすぎないけど」

「ねえ、それ罵倒よね。今すぐ鳥になりなさい、今こそ焼き鳥にしてくれる！」

「でも、いつだって一生懸命《いっしょうけんめい》なんだよー。与えられた役にふさわしく在ろうと、この子はがむしゃらに生きてきた。歌と努力の才に恵まれても、他にはなにも持たない、普通の子供なんだ。ヒトは、それで充分だって言うだろうねー。おれだって思うけど、この子にとってはそうじゃない。だから、お坊ちゃん。寝た子を起こした責任、おまえは取らなくちゃいけないよ。いつものこの子なら、魔物の影響なんて絶対に受けない。おれだって、こんなマネをせずにすんだ……おれは、その理由を知っている」

いつもちゃらんぽらんなひばりの真顔に息を詰めた。なにを言うつもりなのだ。

「音を奪われた時、正直どうなることかと思ったけどさ。お坊ちゃんの発破《はっぱ》で、この子が絶望しなかったことを考えたって、すっごぉく不本意《ふほんい》だけど！　……この子の、支《ささ》えになる覚悟はあるのか。なにも持たなくても、この子のそばにずっと」

「黙って聴いていれば……いらないお節介《せっかい》はよして！　こんな無礼者、こっちから願い下げよ。おまえが……ひばりが、いればいいじゃない。それで、いいじゃない！」

「……ホント、バカだ。きみみたいな子供に、どうやったら情を移《うつ》さずにすむのか、精霊王に詰問《きつもん》したいね。きみは間違いに気づいているはずだよ、もうひとりじゃないって」

小バカにするような調子を裏切る、このあたたかな眼差し。

以前にも向けられた記憶がある。それがかすむほど遠い過去でも――街角に立って声を張り上げる。わたしを見てと、認めてと魂を振り絞って歌う目の前で、手を繋いだ親子が通り過ぎていく。その時、母親は父親は、子供をそんな目で見ていなかったか。

パァアアアン！　光が、闇を退《しりぞ》けた。

生命の発露《はつろ》にも等しい光源《こうげん》が破裂し、きらめく光が雨のように頰にかかる。

どうしてか、視界がぼやけてよく見えない。変なしゃっくりが喉をせりあがってきた。

ひばりは目と鼻の先に降り立つ。眼差しには慈《いつく》しみしかない。

「……こいつの身の振り方によるが、できるだけ約束しよう。責任は取る、オリヴィエ家の男は嘘をつかない」

「そ？　ヒトの言うことはいつだって九分九厘疑《くぶくりんうたが》うのが正解だけどぉ、まっ今回は信じてみるかなー。……だから〈魔王〉、おまえの負けだよ。おまえのバカげた愛じゃ、この子は救われない。あまりに似すぎていて、不幸しか招《まね》かない」

勝手に話を進めるな！　抗議《こうぎ》しようとしたイヴリーンに、ひばりは言葉を重ねる。

「希望を持っていいんだ、おれたちの未来。……幸せに、なってよ。じゃないと……呪《のろ》っちゃう、ぞ。精霊さまを怒らせたら、こわいんだから、さ。……さあ、いつものように、歌うんだ。今のきみなら、きっと〈魔王〉を――――」

その続きを聞くことは叶わない。再び膨れ上がった光。

白き六枚の翼《つばさ》を羽ばたかせる神々《こうごう》しい存在が、ひばりをすくい上げたのは視えた。

待って。イヴリーンは咄嗟に手を伸ばす。褐色《かっしょく》の腕を摑みかけた刹那、光がはじけ、すり抜ける。羽根《はね》一つ残さず、その眼差しだけ記憶に刻みこんで、ひばりはいなくなった。

（い、やだ……ひばり、ひばりひばり！）

これはなにかの間違いだ。あのひばりが、イヴリーンを庇って死ぬはずが——消えるはずがない！　物心つく前からそばにいた、あの精霊がどこにもいないなんて信じない。

だけど、今、歌わなければ。萎《な》える両足に力をこめ、イヴリーンは立ち上がる。

かつてのように歌えずとも、イヴリーンの〈楽師《カンタンテ》〉としての素質《そしつ》は他の追随《ついずい》を許さない。

ここにはエトワールも、他にも〈楽師〉がいる。今こそ国王への恩義に報い、〈魔王〉に勝ち、地の底へと送り返す時だ。そう思う心とは裏腹に、イヴリーンの全身から力が抜けていく。

「あ……あ、あ……」

歌えない。いつもなら溢れてくる詩が、なにも浮かんでこない。

〈楽師〉としての衰《おとろ》えを実感した時ですら、歌うことができたというのに。

イヴリーンは喉を押さえ、何度も口を開く。でも歌えない。歌えなかった。

「エスティ……！」

ソンジャンテが悲愴《ひそう》な目でイヴリーンを見つめてくる。

（どうして、そんな目でわたくしを見るの。憐れむように——蔑《さげす》むように！）

やはり、歌えないイヴリーンになど価値がないのだ。

——嘘つき！　今や曇《くも》った両目にはそうとしか映《うつ》らない。

厳重《げんじゅう》に鍵《かぎ》をかけた心の奥底で、小さなイヴリーンが内側から責め立ててくる。

『フ、ハハハ！　待チクタビレタゾ。ヨウヤク、目障《めざわ》リナ虫ケラヲ始末デキタ。カヨウナ虫ケラガ在ルガユエ、吾ガ花嫁ハ悟レナカッタノダ』

〈魔王〉は哄笑《こうしょう》し、両腕を広げた。金の両目が勝ち誇り、舌《ほこ》なめずりをしている。

まるで、ひばりの介入《かいにゅう》さえ、すべてがたんなる布石《ふせき》であるかのように。

『スヴェトリース、落チブレタモノヨ！　己《うぬ》ガ示ス光ナド、所詮ハソノ程度。タカダカ虫ケラ一匹シカ救エヌノダカラ！　ソレデ、救イダト？　精霊ノゴ高説《こうせつ》ニハ欠伸《あくび》ガ出ル。サア、今一度奏デヨウ。エルネスティーヌ、吾ガ麗シキ花嫁ヨ。何ガ真ノ救イナノカ！』

「ぐ、あ……！」

あんな賭《か》けを突きつけたのは、今までのイヴリーンなら耐《た》えられたからだ。

けれど一度壊《こわ》れた心の防波堤《ぼうはてい》は、イヴリーンを護ってはくれない。

無防備なまま〈魔王〉の歌を受け入れてしまえば、今度こそじわじわと侵食《しんしょく》しはじめた。

（わたくしのせいだ……また、わたくしが自分の力を過信《かしん》したりしたから）

精霊に愛されていたといっても、歌声を失ってからというもの、姿を見ていない。

ころころと顔ぶれが変わる精霊の中で、唯一ひばりだけが変わらなかった。音痴になった時も、ひばりは離《はな》れていかなかった。今だって、その存在を懸《か》けて救ってくれた！

（ひばりだけが、受け入れてくれていた……おまえさえいれば、よかったのに）

リュクシオルなんて知らない。だって、あいつも『プティ・エトワール』しか見てない。イヴリーンが『プティ・エトワール』だったから、あんな約束をしてみせたのだ。

――だれも信じられない！

悲鳴を上げる心に呼応するかのように、イヴリーンの背中から靄が溢《あふ》れ出した。

極限まで開かれたヘーゼルの瞳《ひとみ》からこぼれる、黒いしずくが白い頬を汚す。

それは、ラー・シャイの魔物が生み出される前兆《ぜんちょう》。

怨嗟《えんさ》を謳《うた》う音律《おんりつ》が絶望を煽《あお》り、渦巻く虚無に呑みこまれようとしていた。

闇につつまれる視界《しかい》。

うずくまっていたイヴリーンの鼓膜を、裂帛《れっぱく》が震わす。


「――〈火焔の祝福《アウグリオ・フィアンマ》〉！」


邪《よこし》まなモノを、根本からたたっ斬《き》るかのように力強く。突然、一条の焔《ひかり》が射《さ》しこんだ。

あの、身も引き裂《さ》くような旋律《せんりつ》はぷつりと絶えている。

振り乱した前髪の合間から、外界をのぞむ。拓《ひら》けた、その世界にたたずむのは――

「オ、リヴィエ……」

相変わらず髪はぼさぼさで、制服もところどころ破《やぶ》け、頬に切り傷をこさえている。

それでも彼は——リュクシオル・ド・オリヴィエは、ゆがむことなく立っている。

剣を正眼に構え、ただひたむきに。その黒瑪瑙《オニキス》の隻眼は、イヴリーンだけを映し出す。

辺りに舞う、影を切り裂いた赤い閃光《せんこう》の残滓《ざんし》をまとって、彼はたきつけてきた。

「立て、シラク！　お前は口だけの人間なのか、違うだろう⁉　今まで為《な》してきたことを無に帰すつもりか。あのひばりが護ろうとしたのは、そんな体《てい》たらくじゃないはずだ！」

「……だ……まれ」

光の風花がかすめるたび、嗄《か》れていた声に力が戻ってくる。睨《にら》みつけ、叫ぶ。

「お、黙りなさい。その口で、ひばりを語るな……！」

「語られたくなければ、立て！　……お前とそいつの間で交わした賭けを、僕が無効化《むこうか》することはできない。だが、手助けくらいはできる！」

怒りのあまり、目の前がくらんだ。手助けだと？

「おまえは、なにを見ていたの。歌えないのよ……歌えるわけが、ないじゃない！　プティ・エトワールのくせに歌えないなんて、っておまえも思っているんでしょう⁉」

「シラク、そんなことは」

「ないって？　嘘よ、嘘つき！　おまえだって、わたくしがプティ・エトワールだから態度を変えたんでしょう⁉　信じられない！　おまえも、だれも、なにもかも！　プティ・エトワールという偶像《ぐうぞう》を見ている人間の言葉なんて、信じない！」

かぶりを振って、大声で否定《ひてい》する。イヴリーンは耳を塞ぎ、瞼をきつく閉じた。

真に受けては、ダメ。心を許しては、ダメ。期待するから傷つくのだ。

イヴリーンを中心にして広がっていく闇が胎動《たいどう》する。

「違う！　それに、プティ・エトワール様は偶像じゃない！」

「いいえ、偶像よ。おまえの謹慎理由を思い出してごらんなさいよ！　プティ・エトワールを侮辱されたから？　ハッ、仮に陛下が放蕩《ほうとう》に耽《ふけ》っていたら非難するでしょうに！　職務を放棄《ほうき》したプティ・エトワールに、同じ理屈《りくつ》を当てはめないのはなぜ!?」

「…………確かに」

彼は隻眼を見開くと、カッと首まで赤くなった。一転し、顔色を青くして黙りこくる。旋律《せんりつ》に共鳴して、悪意が増幅《ぞうふく》していく。この男を、もっと手ひどく傷つけたかった。

「わたくしを免罪符《めんざいふ》に使い、憂《う》さを晴らすような人間が、どの口で言うの。恥《はじ》知らずっ」

リュクシオルは長い沈黙《ちんもく》ののち、うなるような声を発する。

「確かに、お前の言い分には、一理ある。……あとで殴った生徒を捜し出して謝罪する」

「やっぱり、プティ・エトワールの言葉だから従うんじゃない！」

「別に、お前に感銘《かんめい》を受けたわけじゃない。ただ、手を出したのはやりすぎだったかもしれないと、思い直しただけだ。……僕がなにを言っても信じられないかもしれない。それでも、プティ・エトワール様は偶像なんかじゃない！」

こいつはまだ言うのか！　イヴリーンは髪を振り乱してがなった。

「しつこいのよ！　プティ・エトワールなんて美しくて、歌えれば、だれにだってなれる偶像よ！　わたくしでなくたっていいの、わたくしである必要なんかない。わたくしは、だれにも必要とされていない。歌えないプティ・エトワールなんて、紙クズ以下だわ！」

「だから、違うと、言っているだろう……！」

ぐいっと、腕を引っ張り上げられる。驚いて目を開ければ、いつの間に近づいてきたのか、リュクシオルが視界いっぱいにおさまった。

両頬を、優しくつつみこまれる。じんわりとしみこむ、人のぬくもりに息苦しさが増す。そのまま顎をすくうように、唇になにかを押しつけられた。

「お、おま、な、ななな……!?」

「何度でも繰り返してやる、プティ・エトワール様は美しいだけの偶像じゃない！」

こいつ、人の唇を奪っておきながら平然と話を続けるだと！　イヴリーンは震撼《しんかん》した。

なんなんだ、この男は。手が早いにもほどがある。初めてなのに！

「どうして、お前がお前自身を否定《ひてい》し、貶《おとし》めるんだ。お前に救われ、感謝している国民に対して悪いと思わないのか。ひいては僕に対する侮辱だ！」

「おまえ、人の許可なく口づけておいて、なんて言い草なのっ!?　打ち首にしてやるっ」

「僕は知っている。プティ・エトワール様が――お前が率先《そっせん》して戦いに身を投じ、国を護るために歌ってきたことを！　その姿は、この片目にも焼きついている。次期最高司祭だからじゃない、お前だから敬うんだ。口先だけのお飾《かざ》りじゃない、お前だから力になりたいと思ったんだ！　呼び名は変わろうと、その気持ちは、今も変わらないっ」

肩を摑まれてぶつけられた、魂ごと震えるような訴え。

美辞麗句《びじれいく》で彩《いろど》られることのない、率直《そっちょく》な言葉は真《ま》っ直《す》ぐ、イヴリーンの心を貫《つらぬ》いた。

（わたくしだから……？）

座りこみ、仰《あお》ぎ見《み》ることしかできないイヴリーンに、リュクシオルは決然《けつぜん》と告げる。

「美しくさえずるだけが、〈楽師《カンタンテ》〉のすべてじゃない。それは、お前の凶器そのものな音痴が証明した。お前が歌えなくたって、構わない。お前の分まで、僕が歌ってやる！　力が出ないなら、いくらでもくれてやろう——僕の音を。僕の詩を、喰《く》い尽《つ》くせばいい。……僕は〈詩人《バルド》〉だ。お前を生かすために、ここに在る！　だから、シラク。立て！」

今までイヴリーンを覆っていた憂《うれ》いが、一瞬にして晴れていく。

凛《りん》とした応《いら》えは、なによりも確実に、イヴリーンを奮《ふる》い立たせる。

先に立ち上がったリュクシオルは、手を差《さ》し伸《の》べるようなことはしない。……そう、それでいい。中途半端《ちゅうとはんぱ》な優しさなど、イヴリーンは求めていない。

（ひばり。わたくしは、おまえの犠牲《ぎせい》を無駄《むだ》にするところだった）

リュクシオルも言っていたではないか——ただのシラク、と。

ただのイヴリーンは、プティ・エトワールとは違う。相棒《あいぼう》である〈詩人〉の力が必要だ。

よろめきながら、イヴリーンは二本足でしかと立ち、しゃんとこうべを反《そ》らす。

今や音を紡ぐことをやめ、凍りつく〈魔王〉を見上げた。


「まだ、決着はついていないわ。さあ——歌いなさい。もう、迷わない！」


そう宣言した瞬間、周囲に滞っていた影が破裂した。

輝く泡沫《ほうまつ》が、天井へと昇っていく。浄化の証だ。葬送歌《そうそうか》は唱えていないのに、なぜ？

虚《きょ》を衝《つ》かれたイヴリーンとは反対に、〈魔王〉は取り乱している。

これまでの余裕をかなぐり捨てて慟哭《どうこく》していた。

『ナゼ、ナゼダ！　ナニユエ、吾ガ願イハ達セラレナイ！　イツモイツモイツモォオオ……全テヲ取リ上ゲテモ、マダ足リヌト!?　コレモ己《うぬ》ノ差シ金カ。憎イ、憎イ、憎イゾスヴェトリース……！　アト少シデ、共ニ往《い》ケタノニッ』

その口ぶりで、イヴリーンは自身の勝利を悟った。決定打がなにかはわからない。

ただ、狂乱《きょうらん》する〈魔王〉を放っておけないと思った。だって彼は——

「わたくしが……あの賭けを持ちかけたのは、もっとも勝機《しょうき》があると見こんだからよ。ただ誤算《ごさん》だったのは、わたくしは『プティ・エトワール』でなくなっていたこと。だから揺らぎ、おまえの音に屈《くっ》しそうになった」

『ソウ、ソウダ！　汝タラシメル音モ、例ノ虫ケラモ、消シ去ッタ！　ナゼダ⁉』

「そうね。音を奪われるまで、わたくしの世界には音が溢れていた。陽射《ひざ》しにも、月明かりにも、風や雨、人工的な照明にさえ声を見出すことができた。彼らは心を持っていた。どんな有象無象《うぞうむぞう》でも命を宿している。だから少しも寂しくなかった。……目のつけどころは間違っていなかったわ。けれど、わたくしは『音』に重きは置いていなかったのよ。わたくしと、おまえはすでに同じ場所に立っていた。たった一つの期待と喪失《そうしつ》で、均衡《きんこう》を崩しただけで――〈魔王〉。わたくしは、わたくしにはおまえの気持ちがよくわかった」

いったん言い置いて、〈魔王〉を見つめる。寂《さみ》しがり屋で、ほしがりの、哀《あわ》れな神を。

「ラー・シャイと、呼ばせてもらうわ。……おまえが、けっしてきらいではなかったの」

事のなりゆきを見守るばかりだった観客席から、驚愕の視線が飛んでくる。

ああそうだ、そんな目で見られるだろうから、一度も口にしなかった。

ヴァランタンの言いがかりも、あながち間違いではなかったかもしれない。

誰でもそっとしておきたい秘密は持っているものだ。

それを暴《あば》くのは、心に刃《やいば》を突き立てる行為《こうい》に等しい。

けれど、過去の自分と決別するとしたら――今しかない。

「おまえの同胞が現れると、歌の他に聴こえる雑音は不快だったけど、歌そのものは好ましかった。……だから今まで、おまえの影響を受けたことがない。なぜなら——わたくしと、おまえの歌は似ているから。表現の仕方が違うだけで、根本《こんぽん》は同じ。ひばりの言う通りよ、わたくしとおまえは似た者同士」

『ナニヲ、戯《たわ》ケタコトヲ』

「物心がついていないといっても、記憶は残っているものよ。強烈であればあるほどに忘れられない。大きくなれば、その記憶の意味が理解できてくる……わたくしもそうだった。自分が、両親に微塵《みじん》も愛されなかったという事実を。背《そむ》けようのない真実を」


——特別なものなんて、ほしくなかった。


だってこの広い大陸には、たとえ醜くても、〈楽師《カンタンテ》〉の才能がなくても、貧《まず》しくても、愛される子供がいる。なにも持たなくても、優しく抱きしめてもらえる人がいる。

美しくなくたっていい。才能がなくとも構わない。富も、名声も必要ない。

それでひばりと出逢えなかったとしても——イヴリーンは、愛されたかった。

なにも持たない、ちっぽけな自分を愛してほしいと、ずっと願ってきた。

「それは自分を否定されることだわ。生きるなと、無言で突きつけられているものよ。だから、存在することを赦されるならなんだってよかった。生きることを認めてもらえるなら、なんだって！　信仰《しんこう》も、名誉《めいよ》も、わたくしにとって手段にすぎなかった。……ふふ。もっとも不信心《ふしんじん》な人間がプティ・エトワールだったなんて、おかしなものね」

語りかけ、立ちすくむ孤独な存在に近づく。目から溢れてくるものを止められない。

魂の奥深くに負った、癒《い》えることを知らない傷。

見て見ないふりをしてきた。考えてしまったら、身動きが取れなくなる気がして。

けれど、今は違う。ひばりと、リュクシオルによって、イヴリーンは思い知った。

無意識なのか、空中で〈魔王〉が後ずさった。怯《おび》えさえ滲《にじ》ませ、イヴリーンを見返す。

「おまえの寂しさも、悲しみも、痛いほどわかる。認めてほしくて、赦してほしくて、愛してほしくて歌ってきたおまえの苦しみが！　だれだって、否定されることを望まないわ。だれだって認めてほしいわ、自分の価値を。だれだって赦してほしい、この世に存在することを。生きているからには、愛したい愛されたいと願う。わたくしも、できたら愛したかった。愛されたかった。わたくしを娼館《しょうかん》に売ろうと企《くわだ》て、しまいには棄てた両親だろうと！　たとえ金づるとしか思われていなくても、それでもわたくしだって昔は夢を見たわ。いつか、受け取った数多《あまた》の金貨を突き返して迎えに来てくれる両親の姿を」

『ア、アァアア……』

「神話がどれほどの真実を記《しる》しているのかは、知らない。でも、真実なんて些事だわ。だっておまえはこんなにも苦しんでいる。傷ついていることに気づかないほど……そばにいてくれる者を求め、地上をさすらうほどに。その事実だけが、大切なのよ。……ザハディオーン、おまえはどうしてわたくしの前に現れたの」

『アヤツガ……目ヲ、カケテオル人ノ子ガイルト……聴クニツレ、空《うつほ》デアッタ胸臆《きようおく》ガ満タサレユク思イガシタ。ダカラ、ダカラコソ汝ガ純潔《じゆんけつ》ヲ失ウ前ニ……ソウダ……我ハ愛シタカッタ……愛サレタカッタ、他デモナイ汝ニ。ソレダケダッタトイウニ……』

あやつ？　首をかしげたが、どうも神々の間でもイヴリーンは相当《そうとう》有名だったらしい。

神話によると、双神《そうしん》は最初から不仲《ふなか》ではなかったという。

たとえ神でも心を持てば、疎《うと》まれれば辛《つら》いに決まっている。

こらえきれずに涙を流すイヴリーンと違い、〈魔王〉は泣き方そのものを忘れてしまったようだ。いくら嘆こうと、頬が濡《ぬ》れることはない。


『我ハ賭ケニ負ケタ、約定ヲ守ロウ』

包帯《ほうたい》で目元を覆っていても伝わってくる、虚脱《きよだつ》した境地《きようち》。

建物には隙間風を通す欠陥《けつかん》などないのに、〈魔王〉を中心に業風《ごうふう》が吹《ふ》き荒《すさ》ぶ。

地の底へと帰るつもりなのだろう。イヴリーンは声を張り上げた。

「ザハディオーン！　おまえを、わたくしの歌で送らせてちょうだい！」

『汝ノ、歌デ……？　ヤハリ喪ワレタ美ヲ、返シテホシイノカ』

「賭けに、歌声は含《ふく》まれていなくてよ。……わたくしから歌声を奪ったおまえだからこそ、今の歌を聴いてもらいたいの」

相変わらず風は暴れているが、〈魔王〉に帰る素振《そぶ》りは見受けられない。

聞き入れてくれたらしいとわかり、イヴリーンは居住《いず》まいを正す。

しかし気配を感じて視線を移せば、リュクシオルが肩を並べていた。彼は呆れ顔で、長剣を振るっている。詩の視覚化《しかくか》に必要な粉も用意しており、イヴリーンは目を丸くした。

居心地《いごこち》が悪いのか、リュクシオルはぶっきらぼうに答える。

「……力を貸すと、言っただろう。相手が〈魔王〉だろうが、傷心《しょうしん》の相手に追《お》い討《う》ちをかけるつもりはない」

「あ、そ。……ふん、無様《ぶざま》な〈楽術《ネウマ》〉を奏でたら承知しなくてよ」

「なんだ、それは前振《まえふ》りか？　やめろよ、お前が言ったらしゃれにならない」

やはり先ほど血祭りに上げておくべきだったか。

こめかみをひくつかせる横で、リュクシオルが深呼吸する。

「――浅緋《うすあけ》の滅赤《けしあか》に　赫《あか》を讃《たた》え　灰より到《いた》る　不凋花《ふちょうか》を捧《ささ》ぐがいい」

声変わりを迎えているはずだが、透徹《とうてつ》とした声で紡ぎ出される歌い出しに迷いはない。
再び振《ふ》り撒《ま》かれた朱金の粉に触れ、ぼうっと、長剣は蛍火《ほたるび》を帯びはじめる。
それを韻律《いんりつ》を踏んで揮えば、空中に光の軌跡《きせき》が描《えが》き出されていく。
リュクシオルは細腕に似合わず、豪快《ごうかい》な剣舞《けんぶ》を披露していた。
けれど、その切っ先は無ではなく、生き物を生もうとしている。

「――仰ぎ奉《たてまつ》らん〈火色の詠唱《アリア・スカルラツト》〉……不死鳥《フエニーチエ》よ、啼《な》けッ！」
――ピィ――――！

確かな質感を伴《ともな》って立体化し、甲高《かんだか》く啼く。
場内を飛び回りながら、かの鳥は誕生を歓《よろこ》び、謳っている。
剣舞で生み出されたのは、不死鳥だ。生と死を超越《ちようえつ》する、火の鳥。
不死鳥の讃美歌《さんびか》は、聞く者すべてを励《はげ》ます。なるほど、リュクシオルらしい選択《せんたく》だ。
（かつてのようには歌えなくても、わたくしの想いは伝わるはずだわ）
音ほど、奏者《そうしや》の内面を暴くものはない。恐ろしくも、愛おしい世界の源。
足で拍子《ひようし》を取り、イヴリーンは想像する。〈魔王〉に贈《おく》りたい、その〈楽術〉を。

「――銀梅花《ミルテ》と白薔薇《ローザ》で褥《しとね》を彩って
　小さな夜にあなたは泣くのでしょうか
　骸《むくろ》のごとく横たわる沈黙は火群《ほむら》のように
　愛しくも愛《かな》しい夜を灼《や》くのでしょうか」

イヴリーンが選んだのは古い恋歌《れんか》だ。一節一節にすべての気力を注ぎこむ。天井《てんじょう》から舞い降りる白い花びらは雪のようだ。それが静かに燃える青い炎に変わりゆく様《さま》を思い描けば、現実のものとなっていく。照明のムジカ石が常にない光を発した。太陽の陽射しを閉じこめたような灯《あか》りが、今は赤と青の光源を散らす。飛び回る不死鳥《フェニーチェ》の鳴き声は伴奏《ばんそう》のように、〈楽術《ネウマ》〉を彩り、讃えている。

「――トラ、ラララララ、ラ、ラララ、ラ、ラ
　終末の墓標《ぼひょう》に花を捧げましょうか
　あなたに寄り添うように　悼《いた》みの記憶を塗り替えて
　小さな慰《なぐさ》めの花が芽吹くでしょう
　凍《い》てつく棘《とげ》を摘《つ》むように　歌で色褪《あ》せた愛を葬《ほうむ》って」

不意に気づく。遁走曲《フーガ》のように重なる、色の違う声に。驚いて首をめぐらせれば、リュクシオルも歌っていた。いや彼が歌うくらいで驚いたりはしない。

なぜなら、生徒全員が高らかに声を響かせている。胸を反らし、楽しげに。

――音とは恐ろしい。奏者の内面を暴くから。

だから彼女たちの心がどこにあるのか、もう世界の音を捉《とら》えられなくなった耳でも、魂で理解できた。生み出される音色によって、遠かった彼女たちの距離が一気に縮まっていくのを感じる。とっくに認めていたのだと、そうイヴリーンに語りかけてきた。

「――トラ、ラララララ、ラ、ラララ、ラ、ラ
　あなたに出逢える明日　あなたに逢えた今日
　孤独の魔物は消え去った　今はあなたと二人」

業風とは異なる風が湧き起こる。

それは拍手《はくしゅ》にも似た歓喜《かんき》の嵐。どこからともなく奏でられる鈴の音が鼓膜を伝う。

天上のラッパが吹き鳴らされ、イヴリーンは聴いた。

『喪われし魂《もの》を取り戻さんと足掻《あが》き、もがくぬしは麗《うつく》しい』

ふっと、耳元に吹きこまれた囁き。直接脳髄《のうずい》を揺さぶる声は、人間が発したとは思えない。これほどの美を秘めた声が存在したこと自体驚きだ。

円《まる》天井に渦巻いた光彩《こうさい》の中心で、ひばりをすくい上げた存在が両手をかかげている。

『命短し、さやけき乙女よ。我が愛《かな》しき嬰児《えいじ》よ——ぬしの音、確かに承《うけたまわ》りき。今いっとき、兄がために力を貸さむぞ。我が〈贈り物《レガーロ》〉を受け取るがよし』

その神々しい存在を認識しているのは、どうやらイヴリーンだけのようだった。

邪念《じゃねん》すら介在《かいざい》できないような囁きに打たれた喉は熱を嚥下《えんか》し、大きく震わせる。

歌うことが単純に好きだったあの頃に、魂が逆行《ぎゃっこう》していくようだ。

小難《こむず》しいことは忘れてしまおう。音に、そんな概念《がいねん》は必要ない。

頬が紅潮《こうちょう》していく。羽が生《は》えたかのように心は軽く、はずんでいた。ありとあらゆる感情が交差して、イヴリーンを高みへと引き上げる。そうして、力が溢れた。

「——この唇に浮かぶ楽の音が　魔法の歌を紡ごう
その目に映る恋の調べが　あなたの胸に落ち

かすみゆく昨日の呪縛《じゅばく》を　解き放つでしょう
今日こそ　わたしの人生で唯一の幸福な日
今日こそ　あなたの生涯《しょうがい》で無二な至福の日……」

歌い終えた刹那《せつな》、不死鳥《フェニーチェ》は燃え尽き、ホール内のムジカ石すべてが虹色《にじいろ》にきらめく。

その七色の閃光を一身に受けた〈魔王〉の唇がかすかに震えた。


「この光景は、けっしてわたくしの歌声だけで為《な》せたものではなくてよ」

イヴリーンは手の甲《こう》で汗をぬぐいながら、静かに口火《くちび》を切った。

「……だけれど、これが今のわたくしの歌。かつての伸びやかな美しさなんて微塵もなく、耳障りだったとしても！　これが、わたくしの歌！　人は、かつてのように聞き惚れることなく、耳をふさぐかもしれない。それでも、構わない。だってわたくしは、歌が好き！　はじまりは、けっして手段のためじゃなかった。たとえ音痴になろうと——胸を張って誇れる。恨みはしないわ、ザハディオーン。迂闊な受け答えをしたわたくしが悪いの。なにより、自力で手に入れた今の歌声に満足しているのだから」

『長ラク、忘レテオッタ……アヤツト共ニ音ヲ見出シシ日ノ歓喜ヲ。サレド、ヤハリ吾ガ美トハ宵闇《よいやみ》ニアリ。……汝ノ想イ、シカト受ケ取ッタ』

「光と闇。どちらが正しく、優《すぐ》れているかだなんて議論をするつもりはないし、無意味よ。音とは素晴らしい、それだけわかっていれば充分ではなくて？　……伝わったのなら、いいの。二度と、地の底で無様な姿をさらさないことよ。祈《いの》ってやらないこともないわ」

わざと突き放すように言えば、今度こそ〈魔王〉が微笑《ほほえ》んだ。

顔の半分は包帯に隠れ、表情に乏《とぼ》しくても、確かに彼は笑った。

「…………は？」

『イズレ再ビ、我ラハ相見《あいまみ》エルコトニナロウ。ソノ刻《とき》マデ、サラバ。サラバダ――……』

突如、虚空《こくう》に巨大な黒門が出現した。

朗々《ろうろう》と声を響かせながら、姿を影へと変じて、開かれたその闇の奥に消えていく。

まばたきする間の出来事だった。

(って！　ちょっと待って、賭けに負けたから引き下がったんじゃないの!?)

会場にはいまだ陶然《とうぜん》とした余韻《よいん》が残っており、〈魔王〉の発言を問題視する輩《やから》はいない。

しばらく憮然《ぶぜん》としていたら、足元から呻き声がした。ヴァランタンが目覚めたのだ。

ソンジャンテや国王夫妻、エトワールが壇上《だんじょう》に駆けつけてくる。

「ヴァラン！　ご気分はいかがです。意識が戻って、安心しましたわ」

「……エルネスティーヌ……」

涼しげに切れ上がった青目を見開き、イヴリーンを凝視する。やがて苦しげに頬筋をゆがめてうつむいた。当たりが強いと評判《ひょうばん》のイヴリーンでも、この年上の幼なじみには普段のような口を利く気が起きない。だから素直に頭を下げる。

「ヴァラン……あなたを巻きこんでしまって、申《もう》し訳ありませんでしたわ。いい性格をしたジャンなら、わたくしも気に留《と》めなかったのですが」

「君、許婚《いいなずけ》に対してひどすぎます。それ、暗に俺なら叩きのめせるという意味ですよね」

「そんなことを言ったかしら。ご安心くださいな、ちょっと半殺しにするだけですわ」

「全然安心できない。そんなんだから、君は口を開くなと言われるんです。これぞまさしく美貌の無駄遣《づか》いですね」

「ふっ……」

びっくりして会話を中断すると、ヴァランタンが肩を揺らして笑っていた。

肌の青白さは痛々しかったが、すぐ表情を引きしめる。

「長かった夜が、ようやっと明けたような気がする。……エルネスティーヌ、貴女《あなた》に対する数々の非礼《ひれい》を詫びさせてもらいたい。……私は、本当にどうかしていた。貴女に、あのような嫌疑《けんぎ》をかけるなど……許してもらえるだろうか」

「あの時は腹を立てましたが、仕方ないと思っておりますわ。お気になさらないで」

「違う！　貴女に非などないっ。私が、私の心が弱かったせいだ。だから、ラー・シャイにもつけこまれた……陛下！　このたびの騒動の責任はすべて私にあります。罰《ばつ》を与えるならば、私だけに。どうか」

普段は冷ややかな声を荒らげて否定すると、ヴァランタンは国王の前に跪いた。

打ち捨てた〈楽師《カンタンテ》〉の証を拾い上げる国王に、イヴリーンの背筋《せすじ》も自然と伸びていく。顔を見るのが怖い。弱気になる心を叱咤《しった》していると、穏やかな低声が耳朶《じだ》を打つ。

「さて、余はどうすべきか。人の心はままならぬものよ。どれほど鍛《きた》えたと思うても、弱みは残っているものだ。それが瑕《きず》なきプティ・エトワールであろうと。だからこそ、人とは愛おしい。醜く争おうと、その中にさえ愛がある。我が息子……いやヴァランタンよ」

「ハッ、陛下」

「弱さを恥じるでない。よいか、誰もが魔物を飼《か》うておるのだ。そなただけの持ち物ではない、それをどれだけ手なずけたかの違いだけよ。もしかすれば、余《よ》がアレを受け入れておったかもしれない。だというのに、どうして責められよう？　甘いと言われようと、余は己《おの》が弱さを棚に上げて咎められぬ。そなたが我が息子だからではないぞ。誰にもわからぬ、誰にも予期できぬ事態だからこそ言えるのだ」

心に染み入る、どこまでも柔《やわ》らかな説諭《せつゆ》。

気づけば、会場中の人間が国王の口上《こうじょう》に聴き入っていた。

何度、この人が本当の両親だったらと夢想《むそう》したことだろう。恩もあった。それ以上に、褒《ほ》めてほしかった。この国王だからこそ、イヴリーンも努力してきたのだ。

客席の人々が立ち上がり、跪拝《きはい》する。誰に命じられたわけでもなく、体がそう動くのだ。

「ゆえに、こたびの騒動は不問とする。……今日び起こったことに箝口令《かんこうれい》を敷《し》こうと、どこからともなく洩《も》れるであろう。ならば、下手に隠し立てせぬ方が外聞《がいぶん》がよかろうな。騒ぎになるより早く公表するのが得策か」

「陛下の仰《おお》せの通り。……〈魔王〉の心をも癒《いや》す〈楽師《カンタンテ》〉をプティ・エトワールと戴く我が国は、かつてない栄華《えいが》を誇ることになりましょう」

え？　はじけるように顔を上げ、凛然《りんぜん》としたエトワールを注視《ちゅうし》する。

イヴリーンは困惑《こんわく》を隠せなかったが、続く国王の発言に仰天《ぎょうてん》した。

「……いいや、エトワール殿。この娘は、プティ・エトワールたるエルネスティーヌではない。この楽院の、一生徒よ」

「陛下、なにを」

「ここより、余の独《ひと》り言《ごと》よ。……余はかつて、目がくらんだ。圧倒的な才を前に、幼子《おさなご》の翼をもぎ、鳥籠《とりかご》に閉じこめてしもうた。自ら〈楽師〉になろうという意志を持たぬ幼子にとって、どれほど重い荷物であったことか。しかしいかに悔《く》いようと、時を遡ろうが同じ決断を下すであろう。余にとって民は宝、民が在ればこそ国が成り立つ。その宝を後の世へ引き継ぐため、余は十全に執政《しっせい》を行なう義務がある」

屹然《きつぜん》とした眼差しは鋭利《えいり》な刃物のようでいて、慈愛《じあい》に満ちている。

（後悔なされたら、全力で殴りつけているところだったわ）

それでこそ、イヴリーンが従おうと決めた国王だ。

誰よりも心優しく、無欲で聡明《そうめい》な、愛すべき王。

「しかし幼子に犠牲を強《し》いておったことを、こたびの一件でまざまざと思い知らされた。……幼子は、余を恨んでおるであろうな」

「いいえ……いいえ！　陛下、はじまりは不本意でした。でも、いつだって消えることができたのです。プティ・エトワールの退位《たいい》を望めば、精霊が叶えてくれたことでしょう。王宮に留《とど》まることを選んだのは、他でもない、わたくし自身の意志でした」

国王を悲しませたくなくて、必死に言い募《つの》る。

そうだ、きっかけは望まぬ形で与えられた。

けれど、その後の選択は、イヴリーン自身が摑み取ってきたもの。誰のせいでもない。

「そうかそうか。……では、幼子よ。今こそ問おう」

首をかしげるイヴリーンの眼前に、国王は突きつけた。

白鳥と菖蒲《イリス》の紋章《もんしょう》に、裏側に〈渓星《けいせい》の歌姫《うたひめ》〉と彫《ほ》られた、あの〈楽師〉の証を。

「余は聴きたい。この楽院の、一生徒となったそなたの望みを」

「の、ぞみ？」

「そう、望みよ。……恥ずかしげもなく乞《こ》えるならば、余としては王宮に戻ってきてもらいたく思うておる。されど幼子に、もいだ翼を返す時期が来た――そう、考えてもおる。今の意志は、どこにあろうか？　独り言で構わぬ。誰に憚《はばか》ることなく、答えるがいい」

固唾を呑んで、周囲に見守られているのを肌で感じ取る。

イヴリーンは戸惑《とまど》い、国王と証を交互に見やった。

（わたくしの、望み）

ちらりと、肩越しに視線をやる。リュクシオルも敬意《けいい》を示すように、片膝をついている。

絡まった視線の熱に、イヴリーンは心を決めた。けれど迷いがなくなったわけではない。

言いあぐねていると、そっと、肩にぬくもりを感じる。ソンジャンテが微笑んでいた。

「俺たちには素直になってくれないのですか？　……忘れましたか、君を妹のように思っていると。あの時の気持ちは今も変わりません。俺は非常識《ひじょうしき》な王太子なので建前は使えませんが……たとえ君がプティ・エトワールでないとしても、愛しているに決まっている」

「ジャン……」

「兄上の言う通りだ。……私も、貴女の幸福を祈っている。他でもない貴女がした選択ならば、どんな決断であろうと心から応援《おうえん》しよう。事後処理《じごしょり》も、我《われ》らの務《つと》めのうちだ」

氷の美貌を解かし、雪融《ゆきど》けのあとに待ち受ける春の穏やかさを口の端に滲ませる。

ああ、普段は少しも似てないのに――やはり二人は兄弟なのだ。

今度こそ吹っ切れたイヴリーンは、国王の緑眼を見つめる。

「……陛下。わたくしは、もう、世界の音は聴こえません。たとえ雨音を聴いても、それが吉兆《きっちょう》か凶兆《きょうちょう》か、申し上げることは叶いません。今は〈楽術《ネウマ》〉も、調子のいい時でも四《よん》大元素《だいげんそ》しか扱えない。歌声だって、かつてのように響かせられない。プティ・エトワールとして不完全なわたくしでも……それでも、陛下は証の返上をお望みにならないのですか」

「ムジカ石を最低でも別色五色に輝かせる者しか、最高司祭になる資格を持たぬという規《き》律《りつ》は、余とて重々《じゅうじゅう》承知しておる。なれど、そなたに勝《まさ》る〈楽師《カンタンテ》〉がいるであろうか？　こたびの経験を含め、そなたほど〈楽師〉の鑑《かがみ》たりえる者はおらぬ。そなたを知る者ならば、誰もが讃えるであろう。善《よ》きプティ・エトワールを退ける必要が、どこにあろうか」

穏やかな声色に、イヴリーンはくしゃりと顔をゆがめた。それを聴ければ充分だ。

「陛下……わたくしを育ててくださったこと、本当に、感謝しているのです。けれど願うことが赦されるのならば――謹《つつし》んで、プティ・エトワールを辞退《じたい》したく思います」

「そう、そうか……そなたは鳥籠の鳥よりも、大空を自由に羽ばたく鳥が似合う」

「いいえ、陛下。わたくしは、鳥籠の鳥などではありません」

しかとこうべを上げ、イヴリーンは心から微笑んだ。

数多の選択肢《し》を与えられようと、イヴリーンの道はすでに決めている。

――歌うのが好きだ。そして、国王に恩返しをしたい。

その望みを両立できる道は一つ。今度は自分の意志で、その道を選ぶ。

「先刻《せんこく》も申し上げたはずです、王宮に留まっていたのはわたくしの意志だと。……今のわたくしは、少しも〈楽師〉の鑑などではありません。慢心《まんしん》に慢心を重ねた、裸《はだか》の王様同然の人間にプティ・エトワールはふさわしくない。ですから、返上させていただくのです」

つまりどういう意味だ、と問う眼差しに立ち上がり、観客席を見据えた。

生徒や教師、一人ひとりの顔を目に留《と》めて、イヴリーンはふんぞり返る。

「わたくしは一から鍛え直すために返上するだけであって、〈楽師〉はやめないわ。……このわたくしたとえ次代がだれの手に渡ろうと、必ずや奪い取って見せる。おまえたちも、このわたくしの好敵手《ライバル》になるのだから心得ておきなさい。ド三流と競うつもりはなくてよ！」

高らかにした宣誓に、楽生《がくせい》たちは呆気《あっけ》に取られてから表情に決意を滲ませる。

そうだ、簡単に諦められてはつまらない。国王に向き直り、声をはずませて言った。

「陛下、これがわたくしの望みです。聞き届けていただけますか」

「無論、聞き届けよう。……ああ、とてつもなく大きな独り言をこぼしてしまったぞ。妃よ、この悪癖《あくへき》は直さねばなるまいな」

「ええ、あなた。王の癖《くせ》が独り言など、駄々《だだ》漏《も》れすぎて支障《ししょう》をきたしてしまいますわ。特に御髪《おぐし》が少々お寂しい宰相閣下《さいしょうかっか》――いえいえそういったお方とお会いした時、困ってしまいますもの。……ねえ、かわいい小鳥さん。懐《なつ》かない野良猫《のらねこ》のようなあなたが慕《した》ってくださって、わたくしは娘を持てたようで本当に嬉《うれ》しかった。わたくしたちは、あなたをずっと見守っているわ。お元気でね、でもこっそりと忍《しの》んできてくださってよろしいのよ」

国王の影のようにたたずんでいた王妃が茶目《ちゃめ》っ気たっぷりに片目をつぶった。

その言葉に、エトワールはこめかみを押さえてため息をつく。

「……宮廷に戻ったあとを思うと頭が痛い。私の後継《こうけい》は振り出しに戻ったわけですか」

「エトワール殿、そう言うでない。そなたは……まぁまだ若い、気長に待て。……アレを癒す代償《だいしょう》として、エルネスティーヌは息絶えた。史実《しじつ》として残ればそれが真実となる」

「陛下といえど、私を年増《としま》扱いしたら鞭でしばき倒すとしよう」

「………うーん。俺はそろそろ、嗜虐性《しぎゃくせい》を持ち合わせることがエトワールになる必須《ひっす》条件な気がしてきました。うちの有能な〈楽師《カンタンテ》〉はこんなのばっかりだ」

ソンジャンテらしい軽口に、どこからともなく笑い声が上がる。

数刻前まで魔物に怯えていたとは思えない、のどかで平和な光景。

この胸に迫ってくる想いを言葉にできるとすれば、そう。あの恋歌の一節《いっせつ》だった。

――今日こそ　わたしの人生で唯一の幸福な日

終章♪夢の上を、そっと歩くように。

ちらちらと粉雪《こなゆき》舞う、雪月《ニヴォーズ》の終わり。

大競演会《グラン・コンクール》の最終日にはひと騒動《そうどう》起きたものの、日程《にってい》通りに舞踏会《ぶとうかい》は開かれる。

いっそ白々《しらじら》しいほど平穏《へいおん》きわまりない。日程通りに進める執念《しゅうねん》さえ感じる。

普段は素朴《そぼく》な楽舎《がくしゃ》の大広間も、これでもかと絢爛豪華《けんらんごうか》に飾りつけられていた。

四季を無視した色とりどりの花が天井画《てんじょうが》を彩り、無数の燭台《しょくだい》が浮遊《ふゆう》する。

その合間を、光の妖精《ようせい》たちが飛び回っていた。翅《はね》からこぼれる金色の鱗粉《りんぷん》が透明感のある白壁に反射し、まるで万華鏡《まんげきょう》のような美しい透《す》かし模様《もよう》を映《うつ》し出す。

目がくらむほど幻惑的《げんわくてき》な風景だ。

その大広間の中心では、仮装と紛《まが》う華美《かび》な装《よそお》いをした人々が踊《おど》っている。

どこを見ても人、人、人。ところによっては多国籍《たこくせき》な料理が並んだビュッフェテーブルに、壁際《かべぎわ》のスツール。この室内に、ひと気《け》がまばらな場所はないだろう。

イヴリーンとエルネスティーヌが同一人物だということは、半日で暗黙《あんもく》の了解となっていた。

ただし舞踏会にはなにも知らない各界の著名人が訪《おとず》れている。プティ・エトワールが空位になったという正式な発表はまだなので、イヴリーンは再び髪を黒くしていた。

イヴリーンはスツールに腰かけたまま、鏝《こて》で癖《くせ》をつけて垂《た》らしたもみ上げを指先に巻きつける。髪色以外、髪型や宝飾品《ほうしょくひん》、ドレスはすべてお役目の時と似たような仕様《しよう》だ。

そのせいか、先ほどから話しかけてくる異性があとを絶《た》たない。

「お嬢《じょう》さん、よろしければ一曲……」

「足を挫《くじ》いて立てませんの」

「ならば、あちらのテーブルで小腹を満たしながら有意義《ゆういぎ》な話でも」

「小腹は満たされましたわ、たった今」

有無《うむ》を言わせぬよう、にっこりと笑いかける。すると、彼らはぽうっと頬《ほお》を赤らめた。

あしらっても、ボウフラのように湧《わ》いてくるのだから迷惑《めいわく》だ。

(ああ、本当に罪なまでの美しさってあるものね！)

イヴリーンが悦《えつ》に浸《ひた》っていると、小皿に料理を盛《も》ったミレイユたちが戻ってきた。

ザザの神業的《かみわざてき》な手腕《しゅわん》によって、男の波があっという間に引いていく。

渡された小皿を受け取りながら、しかめっ面《つら》のザザに訊《き》かれた。

「……アタシ思うんだけど、イヴリーンって将来結婚詐欺師《さぎし》になるつもりでいるわけ？」

「どうしてそうなるのかしら。おまえがなるならまだしも、わたくしの美貌《びぼう》で結婚詐欺師にはなれなくてよ。騙《だま》されるのではと端《はな》から警戒《けいかい》されるのがオチだもの」

「ちょっとー！　それってどういう意味⁉　アンタなんて年齢詐称《ねんれいさしょう》してたくせに！」

「ザ、ザザちゃん、落ち着いて！　シ、シラクさんはザザちゃんの器量が劣《おと》っているとかそんなこと一言も言ってないよ！」

「ぐ、ぐさっ……と、友達に後ろから刺されるなんて……ア、アンタもかミレイユ……」

ドレスが乱れるのも構《かま》わず、ザザは大理石の床に手をついた。ミレイユは慌《あわ》てて慰《なぐさ》めているが、それが墓穴《ぼけつ》を掘《ほ》っているとも気づかないのがミレイユらしい。

……あの騒動を経て、イヴリーンは同級生と軽口を叩《たた》き合えるようになった。

これまでの態度を詫《わ》びられたわけではない。

そもそもイヴリーンも騙《だま》していたのだからお互い様だ。

すべてのわだかまりを解《と》かした、あの時の合唱が真実だ。それだけで充分である。

「なんて言いがかりかしら。わたくしは年相応《そうおう》な十六歳よ、どこからどう見ても！」

「いや見えないから」

「どこからどう見ても十八歳くらいだよ、いやもっと上？　特に顔とか胸とか胸とか。……これでわたしよりひとつ年下なんて……いろんな意味で騙された気分……」

なぜか恨《うら》みがましい視線が殺到《さっとう》した。濡《ぬ》れ衣《ぎぬ》もはなはだしいものである。

しかし、イヴリーンはうっとりした。背中に流れるヴェールを打ち払い、優雅《ゆうが》に微笑《ほほえ》む。

「ああ、妬《ねた》みの視線ってなんて心地いいの。美しさって罪ね、ふふ。いいのよ、もっと羨んでちょうだい。それが美の体現者《たいげんしゃ》たるわたくしの宿命ですもの」

「……見た目は精霊の王女様みたいなのに……中身がこれって……残念すぎる……妬《ねた》むのも虚《むな》しくなるってこういうことね」

「自意識過剰《かじょう》だって返せないのがまった腹立つわー。……アタシたち踊ってくるけど、アンタは踊らなくていいの？」

「下手に動いてプティ・エトワールを知る人間と関わったら面倒だもの。さっさと後ろ盾《だて》でも捕《つか》まえてきたら？　著名人と繋《つな》がりを持つ、いい機会なのでしょう」

追い払う仕草《しぐさ》をした手を、その中の一人が握《にぎ》りしめてきた。

異様《いよう》な目つきである。

「後ろ盾っていえば、金持ちとお近づきになれる方法はっ？　この際、後妻《ごさい》でもいいから！　あと醜男《ぶおとこ》でも構わないよ、金持ちなら！　オリヴィエくんの落とし方でもいいわ！」

「端《はな》から毒殺する気満々でいるクロエがこわい。オリヴィエくん逃げて、超逃げてー！」

「……金持ちの見分け方は、服の仕立てより、言葉遣《づか》いや振る舞いに気を配るとよろしいわ。生まれ持った品性は、自然と空気に滲《にじ》み出るものよ。そういう人間のこまごまとした装飾品にも注意することね。あと、まったく金持ちに見えない場合もあるわ。逆にそのまったくという部分が曲者《くせもの》なの。演じている可能性を考慮《こうりょ》すべきだけど、そういう人間は扱いにくいから接近しない方が得策よ。ま、御《ぎょ》する自信があるなら玉砕《ぎょくさい》してみることね」

「お、お姉様って呼びたい気分……年下だけど！　ありがとうありがとうっ。さっそく金持ちを捕まえてくるわっ、待っていて！　金貨がわたしを呼んでいるっ」

「ちょ、待ってー！　変な男に引っかかったらどうするのっ。じゃ、またあとでね！」

ぴゅーっと、同級生たちが風のように走り去る。けれど、ミレイユだけ居残っていた。

今日のために用意された若草色のドレスは、見た目だけなら活発そうなミレイユにぴったりだ。大きく開いた襟《えり》ぐりにあしらわれたレースをいじくり、もじもじしている。

その花も恥《は》じらう風情は、結構な確率でえげつない発言をするようには見えないだろう。

「あっあの……あ、あたしも、ここにいて……いい、かな……!?」

「わたくしの許可を得ることでもないでしょう、お好きになされば」

そっけなく返したのに、ミレイユは嬉《うれ》しそうに頬を赤らめて隣《となり》に座る。

花まで飛ばしそうな浮かれ具合から、仔犬《こいぬ》に懐《なつ》かれたような心地になった。

（……この子も物好きよね）

編入《へんにゅう》当初から一貫して態度が変わらなかったのは、このミレイユ・マルソーだけだ。

イヴリーンにとってムジカ石を虹色《にじいろ》に光らせるよりも、とても信じられないような奇跡。

ソンジャンテのように腹に一物《いちもつ》を抱《かか》えているのではと穿《うが》ってみることも可能だが、今はこれが自然体なのだと素直に信じてみたい気もする。

「そ、それ、それとね……ず、ずずずっと言いたかったことがあって……！　あ、あたしのこと、助け起こしてくれてあり、ありありりりりり」

「ちょ、ちょっとどもりすぎじゃなくて？　マルソー、大丈夫？」

震《ふる》えで自己発熱でもしそうだ。腰が引けていると、また人が近づいてくる気配がした。

空気を読み、壁の花をそっとしておくのも紳士《しんし》の務《つと》めではないか。

そう思い顔を上げ――イヴリーンの口は開けっ放しになった。

「衣《ころも》は僧《そう》を作らずとは、まさにこのことだな」

かつん、とブーツの踵《かかと》が硬質《こうしつ》な音を奏《かな》でる。黒瑪瑙《オニキス》をはめこんだ隻眼《せきがん》がきらりと輝けば、近くを通った少女がうっとりとため息をつく。

相変わらず失礼な発言をぶち上げたのは、友人たちと共に現れたリュクシオル・ド・オリヴィエだ。すぐに言い返すところだが、調子を狂《くる》わせる要因《よういん》は服装にあった。

瞳《ひとみ》の色に合わせた、体の線にぴったりと沿う上着。折り返された襟のそっけなさを、クラヴァットの華《はな》やかさが補《おぎな》い、裾《すそ》は膝《ひざ》の辺りで揺《ゆ》れていた。

前を閉じていないので、中の胴着《どうぎ》に施《ほどこ》された金糸銀糸の刺繍《ししゆう》の見事さが際立《きわだ》っている。

半年近く経《た》てば宮廷《きゆうてい》の流行も移り変わるが、以前よく見かけた意匠《いしよう》だ。

天敵とも言えるリュクシオルだが、見目《みめ》だけは本当に素晴らしい。

着慣れているのか実に自然体だ。どんな不届《ふとど》き者にも長所はあるものである。

自分を棚《たな》に上げ、思わず見惚《みほ》れてしまったイヴリーンだが、慌てて顎《あご》をそびやかす。

「よろしければ、わたくしのよく磨《みが》かれた手鏡を貸して差し上げてもよくってよ。そうすれば、おまえも自身の姿を正しく認識できるでしょう」

「お、おお。中身はいつものシラクなのかよ。女ってすげーな、こんなに化けるのか」

「言っておくけど、これは素顔よ。わたくしは化粧などせずとも美しいの。その滲み出る美しさを隠《かく》すためにわざわざ変装《へんそう》していたのよ、おわかりになって？」

ふふんと鼻を鳴らすと彼らは顔を見合わせ、再び視線を戻す。

その残念なものを見る眼差《まなざ》しはいったいなんなんだ。

「リュークほどの憧《あこが》れは持っていなかったのに、このがっかり感はなんだろうな……」

「ああ……先入観ってすげーな。口を開くたびに幻想《げんそう》の壊《こわ》れる音が聴《き》こえるようだぜ」

「おまえたち、自分の顔を見てから品評《ひんぴょう》しなさいよ。どいつもこいつも野菜みたいな顔をして。身のほどを弁《わきま》えるがよろしいわ」

ぷりぷりすれば、「あー、でもこの罵倒《ばとう》がねえとシラクじゃねえよなー」なんていう変態まがいの発言も飛び出してドン引きだ。

（本当に、奇妙《きみょう》な輩《やから》ばかりが在籍《ざいせき》する楽級《がっきゅう》だったわ）

変に臆《おく》することなく接してくれる同級生たちに、少し救われる。打算もあるだろうし、口止めされたからだろうが、真実を言いふらす気配もない。

ここは、夢の上を歩くような楽院《がくいん》だった。

かつてのイヴリーンが手にできなかったものが詰《つ》まった、本当に夢のような――

そこで、拡声器《かくせいき》を通した鬱屈《うっくつ》とした低声が響《ひび》き渡った。

上座《かみざ》に視線を移せば、王族やエトワールの他に担任教官のダミアン・ゴメスがいる。

「三年に一度の大舞台である大競演会《グラン・コンクール》も、今宵《こよい》で幕を閉じる。……この四日間を今後の糧《かて》とし、精進《しょうじん》していってもらいたい。まずは、最善を尽《つ》くした生徒たちに拍手を」

わっと湧いた拍手が途切《とぎ》れると、ゴメスはますます暗い眼差しで辺りを見回す。

「これより、今期のプルミエを発表したいと思う。まずは初等部――」

「さすがは話の短さに定評のある教官、とっとと本題に入ってくれて助かるぜ！」

「ああ、いったい誰が選ばれるんだろうな。早く高等部にならねーかな」

声はひそめても、興奮《こうふん》を隠せていない。

しかし一番心待ちにしていたであろうリュクシオルはすまし顔で、炭酸がはじける果汁《かじゅう》を飲んでいた。よほど自信があるのかと思ったが、本当に興味がないのかもしれない。

やがて、高等部の番になった。

もったいぶった沈黙《ちんもく》に、高等部の生徒たちは固唾《かたず》を呑《の》んで見守る。そして……

「高等部より選出されるは、〈白羊級《ベリエ》〉ミレイユ・マルソー！」

「へ、へえ……シラクさん、ざ、残念だね。ミレイユ・マルソーが今期の…………え？　ミレイユ・マルソー？　…………あたしと同姓同名？」

「〈楽師《カンタンテ》〉としての意識に知識、技術。なにより一人の歌い手としての心が高く評価された。彼女に、大きな拍手《はくしゅ》を」

「マルソーってお前しかいねーだろーが！　最後の最後までとぼけすぎだぜっ。ほら！　立って手を振れって！」

「きゃああっ、ミレイユー！　おめでとー！」

目を白黒させるミレイユは促《うなが》されるがまま進み出て、操《あやつ》り人形のように手を挙《あ》げる。

プルミエになるつもりがなかったイヴリーンはもとより、悔《くや》しいであろう生徒たちも惜《お》しみない拍手を送った。鳴りやまない拍手の中、ゴメスは続けた。

「それでは三人は壇上《だんじょう》に――」

「ちょーっと待ってください、先生がた。一番の目玉は最後に取っておくのが華というもの。……せっかくの舞踏会、今は踊り明かすべきではないでしょうか？」

にこやかに拡声器を取り上げたのは、ソンジャンテだ。

その素早《すばや》い動きに、引き止めようとしたヴァランタンが硬直《こうちょく》している。

（と、遠目からでもヴァランの怒《いか》りが伝わってきてよ……）

怒気《どき》を漲《みなぎ》らせる弟をよそに、兄はひとり盛り上がっていく。

いや、過熱していくのはソンジャンテだけではない。観客から歓声《かんせい》が飛ぶ。

「さあさ、小さな貴婦人は我が弟と。大丈夫、怯《おび》えないで。一見強面《こわもて》ですが、中身は細《ほそ》面《おもて》ですよ。そちらの紳士に恥じぬ少年は、エトワール様と。エスコート役をエトワール様に取られぬよう、お気をつけを！　そして妖精のお嬢さんは、俺の相手を願いましょう。そのまま精霊の国に帰らぬよう祈《いの》りますよ。さあ！　皆々様、中央へ！」

「ど、どうしよう。お、踊るなんて聞いてない！　シ、シラクさん、ど、どどどぉおお」

「……マルソー、なんて声を出しているの。並《な》みいる生徒を蹴《け》散《ち》らして、プルミエに選ばれたのよ。ならば、堂々となさい。それが恵《めぐ》まれた者の務めよ」

目をうるうるさせたミレイユに縋《すが》りつかれようと、イヴリーンは適当に相手するだけだ。

「このままわたくしを盾にしていれば、無効になると思わないことね。よいこと、彼に常識は通じないわ。ほら……黙《だま》っていたら、あちらから迎《むか》えが来てよ」

人垣をかき分けて、光の塊《かたまり》のような青年が現れた。ソンジャンテ・ル・イリスだ。ひらめく笑顔は陽《ひ》だまりのよう。しかしミレイユは震え上がり、全力で踏《ふ》ん張《ば》った。

が、ソンジャンテはその上をいく。ひょいっと横抱きにしてから、イヴリーンとリュクシオルを順繰《じゅんぐ》りに見つめ、周囲を慮《おもんぱか》ってか声量を落とす。

「……こうでもしなければ、もう、君に近づけそうにありませんからね。ちょうどいいところにプルミエ殿がいてくださったので、常識に囚《とら》われるのをやめてみました」

どうやらミレイユを盾に、話しかけるのが目的だったらしい。

イヴリーンは呆《あき》れ返る。

「あなたが常識的だったことなんて、一度でもありまして？」

「おや、手厳《てきび》しい。しかし……悔しいものですね、ぽっと出の輩《やから》に役目を奪《うば》われるとは」

「え？」

「リュクシオル・ド・オリヴィエ、君に忠告があります。……接吻《せっぷん》はかろうじて、不幸の手紙だけで許しましょう。ですが、婚前交渉《こうしょう》をしたら……わかっていますね？」

うっすらと開眼した不穏《ふおん》さに、リュクシオルが後ずさった。

それを横目に、この麗《うるわ》しき国の王太子《おうたいし》は軽やかな足取りで戻っていく。

意味はわからないが、ソンジャンテが楽しそうでなによりだ。

黄色い悲鳴《ひめい》を背に、イヴリーンは壁の花をやめる。

その足でテラスに向かい、人影のない中庭に下りた。室内と違い、外は身を切るように寒い。けれど、今は不思議と春の陽気につつまれているようだ。

プティ・エトワールだったエルネスティーヌは死んだ。これからは、イヴリーン・シラクとして生きていく。思い描《えが》く夢想《むそう》に、柄《がら》にもなく気分が高揚《こうよう》してしまう。

誰にも恥じない〈楽師《カンタンテ》〉になりたい――ひばりのためにも。

「………シラク、あれでいいのか」

あとをつけられていたことに気づかなかった。

勢いよく振り向けば、むすっとした顔のリュクシオルがたたずんでいる。

「おまえこそ、プルミエに選ばれなくてよかったの？　それほどの熱意しかなくて、よくわたくしを詰《なじ》れたものね」

「俺はプルミエになりたかったわけじゃない。プティ・エトワール様を支えるに足りる〈詩人《バルド》〉になりたかっただけだ」

片目だけでこの威力《いりょく》なら、両目揃《そろ》っていたらイヴリーンの心臓は止まっていたかもしれない。その鮮《あざ》やかなまでの眼光《がんこう》に、舌の根が凍《こお》りついた。

「……で、いいのか。婚約者だったんだろう」

「………どうして、そう思うの」

「好きだったんじゃ、ないのか。殿下《でんか》が」

不意《ふい》に視線を落とし、ぶっきらぼうに言う。予想外の発言に困惑《こんわく》する。

「王族の婚姻《こんいん》が、恋愛結婚ばかりとは限らなくてよ。おまえ、侯爵《こうしゃく》家の人間だというのにそんなことも知らないの？　……わたくし、彼を慕《した》っていた覚えはないわ」

「それなら、さっきの殿下の言葉は……昨日《きのう》も、愛してるって」

「昨日？　……ああ。夫婦になれずとも、家族にはなれるということよ。わたくしはただ、陛下に命じられたから従っていたにすぎないもの」

なぜこんな会話をしているのだろう？　我がことながら理解できなかった。

胸を撫《な》で下《お》ろしたリュクシオルを見つめ、イヴリーンは迷っていた。

これを口にしたらなにかが変わってしまいそうな予感がして、なかなか声が出てこない。

「…………どうして、オリヴィエが……そ、そんなことを、気にするの？」

「それは」

「あ、やっぱり撤回《てっかい》！　おまえの行動原理なんて興味なくてよ、言う必要はないわ！

……なんだか大広間の方、盛り上がっているようね。わたくしも戻って踊ろ――」

ドレスの裾をからげ、トレーンを引いたヴェールを翻《ひるがえ》す。

急いで立ち去ろうとしたのに、引き止められた。

「音楽は聴こえる。ここで踊れ」

「はぁ!?　だれとっ!?」

「お前の目は節穴《ふしあな》か。……ここには、僕しかいないだろう」

穴が開くほどリュクシオルを凝視《ぎょうし》した。

真顔でなんてことを言うのか、信じられない。こいつはやっぱり女たらしだ。

呆然《ぼうぜん》としている隙《すき》を衝《つ》いて、リュクシオルは優しく手を取り、優雅な円を描くように動き出す。今流れているのはしっとりとしたパヴァーヌだ。

年頃にしては小柄だったリュクシオルと、長身のイヴリーン。編入当時は頭一つ分以上の差があった身長も、今は顔を下げることなく目が合う。それが、妙《みよう》に感慨深《かんがいぶか》い。

リュクシオルのリードは巧《たく》みだった。けれどイヴリーンはどうしても、腰に添《そ》えられた手の感触《かんしよく》を意識してしまう。次のステップを忘れそうになるだなんて、初めてだ。

足が揃って止まると、音色《ねいろ》も静寂《せいじやく》に消えていった。次は打って変わって激しい舞曲へと趣向《しゆこう》が変わるも、イヴリーンたちはその場から動けない。

風のざわめきに、イヴリーンはヴェールを押さえて空を見上げた。

粉雪が横切る、細く笑う鈍色《にびいろ》の月。なぜか、いつもより美しく窺《うかが》えた。

笑みをこぼせば、「シラク」と切羽《せつぱ》詰まった声に呼ばれる。目線を合わせるより早く、腕《うで》を引っ張られて膝が笑う。目交《まなか》いに過《よ》ぎった激情《げきじよう》と、唇に押し当てられた柔《やわ》らかな感触。

雷《かみなり》に打たれたような衝撃《しようげき》が走り――横っ面を引っぱたく。

「お、まえ……なにするの！　一度ならず二度までも、無礼者！　手が早いどころじゃないわっ、なんて最低な女たらし野郎なの！」

「…………僕は、好きでもない女に口づけなどしない」

「へっえ？　気に入らない女にも接吻できるなんて、よほど飢《う》えているようね。……おまえなんて、大きらい！　最低っ」

手《て》の甲《こう》で唇をぬぐう。疼《うず》くような甘い痺《しび》れが残っている。

一回目はイヴリーンを正気に戻すためだとしても、この二回目の意味は――こんな感覚、嘘《うそ》だ。

なにもかも否定《ひてい》したいのに、顔を真っ赤にしたリュクシオルがやけっぱちに叫《さけ》ぶ。

「シラクが――イヴリーン・シラクが好きだって言ってんだ！　気づけよっ、鈍《にぶ》いにもほどがあるだろ！」

「鈍いってなによ、鈍いって言ってる方がにぶ…………え」

「あー、くそ。そうだ、順序が間違ってた……こんな予定じゃなかったのに……」

頭を抱えてぶちぶちとぼやく様子に、イヴリーンもじわじわと理解できてきた。

早鐘《はやがね》を打つ鼓動《こどう》に、全身が火照《ほて》ってくる。が、すぐ冷や水をかけられたように静まった。

〈詩人《バルド》〉として力を貸す、と言われた時は嬉しかったのに、今は素直に受け取れない。

「…………わたくしが、プティ・エトワールだったから……なの」

「それは、違う」

「なにがよ！　だって、そうじゃなかったらおかしいわ。ずっと突っかかってきたじゃない！　わたくしのどこに、おまえがよろめく要素《ようそ》があるとでも!?　なに、顔!?　確かにわたくしの美貌は、三日経《た》とうが見飽《みあ》きぬほど完全に完璧《かんぺき》に美しいけれど！」

「お前は、前向きなんだか後ろ向きなんだかわからないな」

鬼気迫《ききせま》る形相《ぎょうそう》でまくし立てるイヴリーンに、リュクシオルは半眼《はんがん》になる。

「確かに、僕はプティ・エトワール様が好きだった。だが間抜けにも、とある変な女が気になったせいで、好意の種類が違うと気づいた。プティ・エトワール様のそばに行けずとも、なにかの形で力になれたら充分だと……その変な女は違う。息をするごとに敵を作るだなんて、危なっかしくて遠くで見守ってなんていられやしない。目の届く場所にいなければ安心できない。……嘘くさく聞こえるかもしれないが、その二人がたまたま同一人物だっただけだ」

もう〈楽師《カンタンテ》〉の証《あかし》を下げていない胸元を握りしめ、愚直《ぐちょく》なまでの視線を受け止める。

「……お前が、珍《めずら》しく笑ったりするから……いろいろと、考えていたのに吹っ飛んだ」

「じ、自分の手の早さを責任転嫁《せきにんてんか》する気!?　ほ、本当におまえなんて大――うぐっ」

立てられた人差し指を、開きかけた口に押しつけられた。

「負け惜しみだろうと、今は聞きたくない。言うな」

「…………な、なによ。いつもの皮肉はどこにいったの……」

「ひばりにも言ったが、オリヴィエ家の男は嘘はつかない。……音痴《おんち》だろうと、なんだろうと、どうだっていい。お前の性格に勝《まさ》る欠点なんて、ありはしないんだからな」

「なっ」

「自分でも、女の趣味が悪いと思うが……お前だから惹《ひ》かれた、そばにいさせろ」

態度は自信に溢《あふ》れているのに、その隻眼はなによりも雄弁《ゆうべん》だった。

懇願《こんがん》するような光は弱々しい。目にしてしまったら、もう見て見ないふりはできない。

「……………わたくしの男の趣味も、相当《そうとう》悪いようね」

「それは、どういう――」

熱い吐息《といき》が、粉雪を融《と》かす。身を寄せれば、その分だけ心臓の音が耳朶《じだ》を打つ。重なり合った鼓動を聴きながら、顔を近づけた。頬に触《ふ》れた雪が、一筋のあとを残す。

特別なものなんて、ほしくなかった。

ありきたりでいい。この大陸に、ごくありふれたものでよかった。

だけど、違った。ありふれたものでも、時には特別な意味を持つのだと知る。

黒瑪瑙《オニキス》を鏡に映し出すヘーゼルの瞳に、飢餓《きが》の色はなかった。

(黒々としていて、今にも吸いこまれそうだわ)

腹を空《す》かし続けた子供は、もうひとりぼっちじゃない。

夢は叶《かな》う。だってここは破《やぶ》れた夢が折《お》り重《かさ》なり、やがて大きな夢へと変わる学《まな》び舎《や》。

「そんなの、返事は自分で決めるがよろしいわ」

当惑《とうわく》する隻眼に笑いかけ、今度はイヴリーンからその形のいい唇を塞《ふさ》ぐ。

凍りついていた瞳に理解が広がり、燃えるような甘い熱が吹きこまれた。

すぐさま力強い両腕が背中に回り、背骨が軋《きし》むほど抱きしめられる。

降り積もった雪に落ちる影は一つ。二つに分かれるまで、あと少し。
——どこか遠くでひばりが美しくさえずっている。
二人の行く末《すえ》は、それこそ音のみぞ知る……。

〈END〉

あとがき♪

初めまして、朝前《あざき》みちるです。読み方は『あざきみちる』ですが、『朝飯前《あさめしまえ》』と覚えていただきましても大変光栄です。よろしければ、以後お見知りおきを！

このたびは第十五回エンターブレインえんため大賞ガールズノベルズ部門にて、特別賞をいただいた作品を改稿してデビューすることと相成《あいな》りました。

こうして夢にまで見た後書きを書いていても、あまり実感が湧《わ》きません。

選考中は、通過するたびに近所の神社にお参りし、鎌倉《かまくら》の神社仏閣《じんじゃぶっかく》では「作家になりたーい！＠某妖怪漫画《ぼうようかいまんが》」とお願いし……あれっ神頼み効果……？

そんな現実から目を逸《そ》らして、ネタバレしない程度に本編に触れたいと思います。

執筆《しっぴつ》当時の日記には「ツンデレ！　ケンカップル！　ギャップ萌《も》え！」しか書いてなくて絶望しました……除夜《じょや》の鐘《かね》程度では煩悩《ぼんのう》は滅《めっ》しないようです。

とりあえず、性格も口も悪すぎるヒロインと、物理的に手が早すぎるヒーローでお贈りする、楽院ハートフル（？）ファンタジーです！　語弊《ごへい》はありますが、よろしくお願いします！

紙幅も尽きてきましたので、謝辞《しゃじ》で締《し》めさせていただきます。

まずは見守ってくれた家族に友人、励《はげ》まし合った投稿仲間のみなさん。特に友人T子。迷走するたびに泣きついて世話をかけたけど、本当にありがとう。

さらに本作を評価してくださった関係者のみなさま。空回りするときだけ超高速回転の私を根気強くご指導《しどう》くださった担当Iさんに、校正さんやデザイナーさんをはじめ、刊行にあたりご協力いただいたすべての方々に、心から感謝しています。

そしてイメージ通りでいて、想像以上に魅力的に描いてくださったカズアキ先生。好きです。どさくさに紛《まぎ》れて告白しましたが、お忙しいなか、引き受けてくださって本当にありがとうございます！　お名前を聞いた時はもう大興奮《だいこうふん》で、美麗すぎて震《ふる》えたイラストは我《わ》が家《や》の家宝《かほう》です。永久保存です！

最後に、本書を手に取ってくださった読者のみなさまへ。

書物とは、読んでくださるお方がいてこそ完成すると思っています。ここまで目を通してくださってありがとうございます。

本作はたくさんの好きを詰めこみました。一緒に少しでも楽しんでいただける物語をお届けできたのなら、なによりの幸せです。またご縁《えん》があることを祈って。

霜焼《しもや》けに怯《おび》える、とある冬の吉日に　朝前みちる

B's-LOG BUNKO
ビーズログ文庫

■ご意見、ご感想をお寄せください。
《ファンレターの宛先》
〒102-8431 東京都千代田区三番町6-1
ビーズログ文庫編集部
朝前みちる 先生・カズアキ 先生
《アンケートはこちらから》
http://www.bslogbunko.com/

■本書の内容・不良交換についてのお問い合わせ。
エンターブレイン カスタマーサポート
電　話：0570-060-555（土日祝日を除く 12:00～17:00）
メール：support@ml.enterbrain.co.jp（書籍名をご明記ください）

あ-7-01

斯《か》くして歌《うた》姫《ひめ》はかたる

朝前《あざき》みちる

2014年2月27日 初刷発行

発行人　青柳昌行
編集人　青柳昌行
編集長　馬谷麻美
発行　株式会社 KADOKAWA
〒102-8177 東京都千代田区富士見 2-13-3
（営業）03-3238-8521　（URL）http://www.kadokawa.co.jp/
企画・制作　エンターブレイン
〒102-8431 東京都千代田区三番町 6-1
（ナビダイヤル）0570-060-555
編集　ビーズログ文庫編集部
デザイン　しいばみつお（伸童舎）
印刷所　凸版印刷株式会社

ISBN978-4-04-729442-4 C0193

定価はカバーに表示してあります。